生まれ変わったら
結婚しようと約束しましたが、
どうかなかったことにして下さい
月神サキ
Saki Tsukigami Presents
JN193923
fairy kiss

この作品はフィクションです。
実際の人物・団体・事件などに一切関係ありません。

生まれ変わったら結婚しようと約束しましたが、
どうかなかったことにして下さい

fairy kiss

序章　姉の見合い相手

モルゲンレータ王国。

複数の山脈や高地を持つ、内陸にある小国だ。

建国から千年以上が経（た）っており、歴史的建造物も多く残っている。

また美食の国としても有名で、気候も一年を通じて比較的穏やかなことから、観光に訪れる外国人も多い。

とても平和な国だ。

昔は戦争も絶えず、長く内乱状態が続いていたらしいが、今は見る影もない。

五年ほど前に即位した、まだ二十代の年若き国王と共に、これからも経済的に大きく発展していくことが期待されている。

私、カタリーナ・モルゲンレータはそんな国の第二王女として十八年前に生を受けた。

髪は金色。目は緑よりの青色で、ぱっちり二重。たぶんそれなりに美人で、好きなのは家族。

両親は亡くなってしまったが、現国王である兄ロエベと第一王女である姉サリーナというふたりの兄姉がいる。特に三つ年の離れた姉とは仲が良く、一緒に行動することも多かった。

儚げな美貌を誇る自慢の姉だが、彼女は今日、見合いをすることが決まっている。

相手は隣国ティグリルの王子。

名前をアスラート・ティグリルという。

隣国からわざわざ姉との見合いのためにやってきた彼は、今日からひと月ほど我が国に滞在し、姉と交流を図ったあと、婚約するかどうかを決めるそうだ。

姉、サリーナは昔から惚れっぽいわりに男運が悪く、付き合った男から泣かされることが多々あった。

つい最近も、第一王女という身分を狙った男に弄ばれて泣いていたのを慰めたばかりだから、今度こそ幸せになってくれると良いなと思っている。

「姫様。そろそろお時間ですよ」

考え事をしていると、側に控えていた私付きの女官が静かに告げた。

「そう」

座っていたソファから立ち上がる。

姉の見合い相手であるアスラート王子は、ひと月もの間、うちの国に滞在するのだ。

そのため私も顔合わせをすることになっている。

「謁見の間へ行けば良かったのよね？」

「はい」

女官の返事を聞き、扉へ向かう。

私が着ているのは、明るいオレンジのアシッドカラーが綺麗(きれい)なドレスだ。

プリンセスラインのシルエットが、スタイルを美しく見せてくれている。

お気に入りのスクエア・トゥのパンプスはベージュ。オレンジ色のドレスとの相性はバッチリだ。

美人で名高い姉と比べれば見劣りするだろうけれど、見合いをするのは姉なのだ。別にそれで構わない。

ゆっくりと廊下を歩く。

歴史ある王城は傷んでいる箇所も多く、修繕するにも限界があるということで、そろそろ新しく建て直すことが検討されている。

城は解体するわけではなく歴史的建造物として残すらしいが、私としてはこの場所を離れることを寂しいと思ってしまう。

子供の頃から妙にこの城に対し、愛着があるのだ。

まるでずっと昔からここに馴染(なじ)んでいたかのような、そんな気がしている。

もちろん、そんなはずないのだけれど。

「姫様」

謁見の間に着くと、警備兵たちが敬礼をしてきた。頷(うなず)きを返す。

「アスラート殿下にご挨拶に来たのだけれど」

「はい、聞き及んでおります。――カタリーナ王女殿下がいらっしゃいました」

警備兵たちが高らかに告げ、謁見の間に続く扉を開ける。

中に足を踏み入れると、広い謁見の間には多くの兵士が並んでいた。

中央奥側の他より高くなっている場所には玉座が据えられており、現国王である兄が座っている。

兄の前には淡い色合いのドレスに身を包んだ姉と、見知らぬ男の人が立っていた。

男の人は部下らしき人物をふたり連れていて、なるほど、彼が姉の見合い相手である隣国の王子かと思った。

「カタリーナ」

兄が私に笑顔を向けてくる。

「来なさい。こちらの方がアスラート殿下だ。これからひと月の間、城に滞在することになるのだから、顔を合わせる機会もそれなりにあるだろう」

「はい」

敷かれた絨毯（じゅうたん）の上を歩く。姉がこちらに来いと小さく手招きしてくれたので、その隣に行った。

「アスラート殿下。妹のカタリーナですわ」

「カタリーナです。以後、お見知りおきを」

王族として恥ずかしくない態度で礼をする。向こうも好意的な声音で自己紹介をしてくれた。

「アスラート・ティグリルです。ティグリル王国から参りました。これからひと月の間、お世話になります」

顔を上げる。そこで初めてきちんと王子を認識した。

青っぽい銀色の短髪がまず、目に入る。

次にその背の高さに驚いた。私が小さいせいもあるのだけれど、かなり大きく見える。

着ているのはティグリル王国の正装とされる白の軍服。詰め襟タイプのものだ。金色の飾緒や身分を示す勲章があり、非常に華やかな印象を受ける。

それから、ようやく顔を見た。

「……え」

無意識に声が出た。

美しい青色の瞳に引き込まれる。その目は大きく、少し眉尻が垂れていた。顔立ちは整っており、明るい雰囲気が滲み出ている。

意志の強さを感じさせる太めの眉に薄い唇。

そのどれも、今、初めて見るはずなのに、強烈な既視感に襲われた。

「な、何……？」

何故か、懐かしいと感じる。

何故か、やっと会えたと思ってしまう。

何故か、涙が出そうになってしまう。

そして何故か――彼に思いきり抱きつきたくなってしまう。

――何が起こっているの？

意味が分からない。

初対面のはずなのに、どうしてそんなことを思うのか。

考える間もなく、頭に凄まじい痛みが走る。

「っ……！」

突然の突き刺すような痛みに顔を歪め、頭に手をやる。

まるで頭の中をグチャグチャに掻き混ぜられているかのようだ。

とてもではないが耐えられるようなものではない。

あまりの痛さに我慢できず、その場にしゃがみ込んだ。

マナー違反だと分かっていたが、気にする余裕などあるはずもない。

とにかく、この痛みを少しでもなんとかしたくて必死だったのだ。

「カタリーナ!?」

側にいた姉の焦った声が聞こえる。

兄が玉座から立ち上がり、こちらに駆け寄ってくる様子も見えた。

どうやらふたりを心配させてしまったらしい。

それはいけない。

なんとか気力を奮い立たせ「大丈夫だ」と返事をしようとして——そこでぷつりと私の意識はなくなった。

第一章　思い出した記憶

城にある中庭を歩く。

薔薇(ばら)の花が見頃だった。様々な色の薔薇を見るのは楽しく、時間を忘れて見入ってしまう。

気候も春を過ぎた頃でちょうどいい。時折吹き抜ける風は心地好(よ)く、太陽の光もまだまだ優しい。

「ヒルデ様」

明るいオレンジ色の薔薇を見ていると、後ろから声が聞こえた。

ヒルデ・モルゲンレータ。

モルゲンレータ第一王女である私の名前だ。

ゆっくりと振り返る。

ナギニが優しい顔で私を見ていた。

「ナギニ、もういいの？」

「ええ、今日の仕事は終わりましたから」

「さすが。あなたはいつも優秀ね」

ナギニの側に駆け寄る。

彼――ナギニは私の婚約者だ。

背中の中ほどまである銀色の長髪をひとつに纏めた彼は、この国モルゲンレータの若き宰相でもある。

眼鏡を掛けているが、それは仕事のしすぎで視力が悪くなったから。青色の瞳が冷たいとよく言われているらしいけれど、私には温かく見える。

ナギニは愛おしげに私を見ると、腰を引き寄せた。

「明日は無事、休暇が貰えました。予定通り、遠出しましょう」

「本当？　楽しみだわ」

ナギニの腕をギュッと抱き締める。

彼は宰相という立場上、なかなか休みが取れない。

ひと月に一度デートできれば幸運と言えるくらいには忙しいのだ。

そんな彼がようやくもぎ取ってくれた休日。身体を休めて欲しい気持ちもあるが、やはりふたりきりで出掛けられることが嬉しかった。

「シャリデの丘へ行きましょう。お弁当を持って。ふたりで色々と話せたら嬉しいわ」

「ええ、姫。あなたのお望み通りに」

私の言葉にナギニが笑顔で頷いてくれる。

額にキスされ、笑みが零れた。

ささやかだけれど、幸せな日々。

この日々がこれからも続いていくことを、私は疑っていなかった。

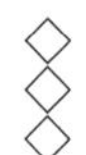

「は……あ……あ……あ……」

呼吸をするのが辛い。

カタカタと壊れた車輪が回る音がする。

強く打ちつけたのか、身体中が酷く熱く、痛かった。

今日、私たちは約束通り、朝から出掛けた。

お弁当を持って馬車に乗り、楽しくふたりで会話をして。

もうすぐ目的地かしら、なんて言っていた時だった。

ガタン、と音がした。あれと思った直後、たぶん馬車が落下した。

全く予期していなかったところに来た衝撃。

叫び――そのあとの記憶はない。

次に目覚めたのが、今。

どうやら崖の下に馬車が落ちたらしい。

骨が折れたのか身体は動かないし、頭から血が流れている。目が覚めたは良いが、すぐにでも意識を失ってしまいそうなほど痛みが激しかった。足と手も死ぬほど痛い。

私の上にはナギニが覆い被さっていた。意識がないのだろう。潰されそうなくらいに重い。

「ナギニ……ナギニ……」

動かないのが怖くて、必死に名前を呼ぶ。ナギニはピクリともしなかった。

血が滴ってくる。彼も私と似たような状況で、大怪我をしているのは容易に想像がついた。

周囲に動く生き物の気配はない。

馬車には御者や従僕が同乗していたはずだが、彼らはどうなったのだろう。

探したい気持ちはあったが、私自身が指一本動かすのも難しいような状況なのだ。確認することなどできなかった。

「ナギニ……ナギニ……」

私にできるのは、愛しい恋人であり婚約者であるナギニに呼びかけ続けることだけ。

でも、彼は返事をしてくれない。

やがて、自身の体温が下がっていることに気がついた。

血を流しすぎたのだろうか。酷く寒いし、意識が途切れ始める。

それでも必死に呼びかけた。

「ナギ……ニ……」

「姫、様……」

どれくらい経っただろうか。もはや己の意識を保つことも難しくなってきた頃、ようやくナギニから応答があった。

「ナギニ……！　良かっ……た」

「……ここは？」

弱々しい声。息が荒い。動けないのでナギニの様子は分からないが、たぶん相当状態が悪いのだろう。

「……分からないわ。おそらく、崖から落ちたのだと思うけど……」

「落ちた？　そう、ですか……ごほっ……」

何かを吐き出したような音が聞こえた。

声はぜいぜいと苦しそうで、聞いているだけで泣きそうになる。

「姫様は、ご無事ですか？　動けそうなら……」

「ごめんなさい。私、指一本動かすのも難しい状態で。さっきからすごく寒いし、血を流しすぎたのね。意識も途切れ途切れで、今、自分がどうなっているのかもあまり分かっていない感じなの」

それどころか、すでに足と手に感覚がない。

頭の怪我も酷いのだろう。流れる血が多すぎて、視界が半分以上赤かった。

ナギニが諦観しきった声で言う。

「……そう、ですか。私と似たような感じですね。下手な希望を持たせるのも酷だと思いますので正直に言いますが、私はおそらくあと数分の命かと。どうやら下半身が馬車で潰れてしまったようでして……」

「……そう」

恐ろしいことを言われているのに、怖いとは思わなかった。

心が麻痺しているのだろうか。

いや、違う。たぶん、同じだからだ。

私は微笑みを浮かべながらナギニに言った。

「……私も生きているのが不思議な感じだから。……ナギニが生きてくれるのなら嬉しかったけど無理みたいね」

「私も、あなただけでも生き延びてくれるのならと期待しましたが……そう、ですか。あなたも。いえ、そうですよね。共に落ちたのです。似たような状況なのは当然かと」

ナギニの声が、仕方ないという色を含んでいる。

ふたり共、ここで死ぬのだと、どちらも分かっていた。

「もうすぐ結婚式だったのに……」

つい恨みがましい声が出てしまったが許して欲しい。だって本当に楽しみにしていたのだ。

モルゲンレータ第一王女である私、ヒルデが降嫁し、ナギニの妻となることを。

愛する人のもとに嫁げる喜びを噛みしめていた毎日だったというのに、こんなに簡単に奪われてしまうものだとは思わなかった。

ナギニも私の言葉に同意してくれる。

「……本当に。ようやくあなたを名実共に私のものにできるのだと楽しみにしていたのですけどね。結局、あなたは私のものにならず、天へと還ってしまうわけだ」

「悲しいのは私も同じよ。……ナギニ、愛してる。私はずっとあなただけが好きだわ」

己の心の内を告げる。

残された時間は少ない。

だから少しでも後悔しないよう、言えることは言っておきたかった。

私の考えが分かったのか、ナギニも愛の言葉を私にくれる。

「私もあなたを愛していますよ。私だけの姫。……もし、生まれ変わることがあるのなら、もう一度あなたを探し出し、今度こそ結婚してみせると思うくらいには、あなただけを愛しています」

「嬉しい……」

ナギニは普段、あまり「愛している」と口にはしてくれない人だ。

その彼が、きちんと言葉にしてくれた。

死ぬ間際ではあるけれど、とても嬉しかった。

彼の言葉を噛みしめる。

「生まれ変わったら……本当にそんなことあるのかしら」

人は死ねば、いつかは生まれ変わる。

そういう考え方は確かにあるが、実際に生まれ変わってきた人を見たことはない。

来世に望みを託したい人たちが考え出した作り話なのだろうなと、私自身は考えていた。

ナギニが小さく笑う。

「さあ？　でも、あると考える方が、今の私には救いになりますから」

「そうね。……じゃあ、約束しましょう？　もし本当に生まれ変わったら、今度こそ結婚しようって」

信じてもいないのにそんなことを言い出すのは、ナギニが言う通り、救いが欲しいからだ。

自分の命がどんどんすり減っていくのが分かる中、死に対し、少しでも前向きな気持ちになりたかった。

ナギニがわざと明るい声で言う。

「良いですね。約束しましょう。もし生まれ変わったら、必ずあなたを探し出します。そして、今度こそふたり一緒になりましょう。私はあなただけを愛していますから、きっと簡単に見つけ出せますよ。姫、私が迎えに行くまで、浮気はしないで下さいね」

優しい声に泣きたくなる。それを堪え、気丈に答えた。

「するわけないわ。私、ナギニ以外を好きになんてなれないもの」

「それを聞いて安心しました」

「ナギニも……浮気……しないで」

「するわけありません。私は骨の髄まであなたに惚れきっていますから」

「……本当に？」

「ええ」

軽口を叩き合う。

お互い、最期の時が近づいていることを察していた。

ナギニの声はどんどん小さくなっているし、私も途切れ途切れにしか言葉を返せない。

私たちの心を支えてくれているのは叶いもしない未来の約束だ。

生まれ変わったら、なんて信じるのも馬鹿らしい『もし』の話。

ふたりともそれに全力で縋っている。


そんなこと、あるわけないと分かっているのに――。


「姫」

「……なあに」

深く息を吐き出す。ナギニが消え入りそうな声で言った。

「申し訳ありません。先に逝くようです。もうしばらく頑張りたかったのですが、どうやらタイムリミットのようで」

「大丈夫。私もすぐに追いかけるから」

下半身を潰されたと言っていたくらいだ。私よりも状態は悪いのだろう。

声は震えているし、必死に強がっているのは見えなくても分かる。

でも、私も同じだ。

途切れそうになる意識をなんとか根性だけで繋ぎ留めてきた。

その根性も、ナギニがいなくなってまで続くはずがない。遠からず私も逝くだろう。

彼と同じところへ。

「生まれ変わったら、私のこと、見つけて」

「――ええ、姫、必ず」

それが私たちの最期の会話。

こうしてモルゲンレータ王国宰相ナギニ・ディスタラートと、その婚約者である第一王女ヒルデは、他の誰にも看取られることなく密やかに死んだ。

「っ！」

「カタリーナ！」

ハッと目を開ける。

兄と姉が心配そうに私を覗き込んでいた。

今の状況が分からず戸惑うも、すぐに記憶が蘇ってきた。

私は姉の見合い相手と挨拶をした直後に気を失ったのだ。場所が変わっていないところを見ると、意識を失ったのはほんの数秒程度だろうか。

そのわりにはすごく長い夢を見た気がするのだけれど。

「カタリーナ、大丈夫なの!?」

姉が声を掛けてくる。その言葉に頷いた。

「大丈夫です。お姉様」

あれだけ酷かった頭痛が治まっている。

嘘みたいに頭の中がすっきりとしていた。兄にも目を向ける。

「お兄様も、ご心配をお掛けして申し訳ありませんでした」

「いや、私よりお前だ。一瞬だが意識を失ったのだ。侍医を呼んだ方が良いのではないか?」

「平気です。少し眩暈がしただけですので」

ゆっくりと立ち上がる。

正直、自分の身に起きたことが信じられなかった。

先ほど見た夢。あれは間違いなく現実にあったことだった。

正確には、私が『ヒルデ』だった頃の記憶。

今の今まで忘れていた、前世の記憶なのだ。

前世を思い出すなんて嘘みたいな話だが、先ほどの夢で記憶が揺さぶられたのか、夢で見たこと以外の記憶も戻ってきている。

私が『ヒルデ』だった時の二十一年分の記憶が一気に蘇ったのだ。

幸いにも記憶が混乱することはなく、上手く頭の中に収まってくれたようだが、ここまで思い出せば、妄想だなんて言えるはずもない。

間違いなく今、私が思い出したのは前世の記憶で、そして目の前にいる隣国の王子、彼こそがナギニの生まれ変わりだった。

――冗談みたいな話だけど……。

彼を見た時に感じた焦燥感。あれは本能がナギニに反応したのだろう。

そしてその本能が記憶に揺さぶりを掛けた。たぶん、そういうことなのだと思う。

彼とナギニは髪と目の色こそ同じだが、印象は全然違う。

ナギニは宰相という立場もあり、とても落ち着いた人だったが、王子は根明(ねあか)な雰囲気がある。

普通ならナギニと結びつけることなんてできないくらい似ていない。

だけど私は彼がナギニだということを疑っていなかった。

だって、そうでなければ、こんなタイミングで記憶が戻るはずがない。

間違いなく彼はナギニなのだ。

だけど、彼の方はどうなのだろう。

私のことを覚えているのだろうか。それとも先ほどまでの私と同じで昔のことなんて忘れてしまっているのだろうか。

「……あ」

気になり、彼の方をチラリと見る。

彼――アスラート王子は大きく目を見開いて固まり、私を凝視していた。

その態度は、まるでたった今、全てを思い出したかのようで……私は、彼にも私と全く同じ現象が起こったのだと確信した。

驚きを浮かべていた顔にどんどん喜色が広がっていく。

「ヒル――」

「うわああああああ!!」

ヒルデ、と昔の名前を呼ばれそうになり、慌てて声を上げた。

こんなところで前世の話などされては困る。

兄や姉、兵士だっている場所なのだ。

前世の話なんて始められた日には、ふたり揃って頭がおかしくなったと思われても仕方ない。

ここはひとまず撤退だ。

「わ、私、やっぱり少し気分が悪くなってきたみたいなので、今日はこれで失礼させていただきますっ！」

「カタリーナ、ま、待ちなさい」

「申し訳ありません！　お兄様！」

兄には呼び止められたが、止まれない。謝罪の言葉を紡ぎ、謁見の間を飛び出した。

そもそも前世のことを思い出したばかりで多少の混乱はある。

ひとりになって、落ち着きたいという気持ちもあった。

「はあ、はあ、はあ……」

早足で廊下を歩く。

心臓がバクバクと脈打っていた。

姉の見合い相手としてやってきた王子が、まさかの前世の婚約者だとか。

全く思いもしなかった展開で、頭の中が酸欠状態になったかのようにクラクラした。

「待ってくれ！」

どうしてこんなことになったのかと嘆いていると、後ろから焦ったような声がした。

振り返れば、何故かアスラート王子が私を追いかけてきている。

「えっ……」

姉の見合い相手がどうして私を追いかけてくるのか。

答えはひとつしかないような気もしたが、そこはあまり考えたくなかった。

「……何かご用ですか、アスラート殿下」

咄嗟に平静を装い、王子に応える。

すぐ近くまでやってきた王子は私を見つめると「ああ」と嬉しそうに目を細めた。

「――やっぱりヒルデか。まさかこんなところでお前に会えるとは思わなかったぞ……！」

「……なんのお話ですか」

即座に知らない振りをした。

なんとなくだけど、安易に頷きたくないと思ってしまったのだ。

予想以上に冷たい声が出たが、これでいい。

アスラート王子も私の態度から前世について思い出していないと判断するだろうし、迂闊な態度は取らなくなるだろう。

そう思ったのだけれど――。

「何を言っている。お前も思い出したのは、さっきの態度を見ていれば分かる。つまらない誤魔化しをするな。それより……ヒルデ、今こそあの時の約束を果たそう。オレと結婚して欲しい」

「っ！」

手首を摑まれたと思った次の瞬間には引き寄せられ、抱きしめられた。

カッと目を見開く。

「会いたかった……。思い出したのはつい先ほどのことだが、一日千秋の思いというのはこういうことかという気持ちになるな」

「……う」

感慨深げに言われ、不覚にも目が潤んだ。

思い出したばかりだからか、ヒルデの気持ちに強く引き摺られているのだ。

死んだ時が死んだ時だったので、どうしたってまた会えて嬉しいという感情が出てきてしまう。

それを必死に振り払った。

だって私はカタリーナであって、ヒルデではない。

嬉しいのはヒルデ。それは前世の感情だ。

囚われたくない一心で声を上げる。

「離してっ！」

ドン、と彼の胸を押し、その腕から逃れた。

勢いのままアスラート王子を思いきり睨（にら）み付ける。

「さっきからヒルデ、ヒルデとうるさいわね。私はカタリーナであってヒルデではないわ。確かにそう呼ばれていた時代があったことは否定しないけど、それはもう終わったこと。蒸し返さないでちょうだい」

他国の王子に対する言葉遣いとしては最低だったが、冷静ではない今の私に取り繕う余力などあるわけがない。

アスラート王子も目を丸くして私を見ている。

「ヒルデ……」

「私はもうヒルデではないし、あなただってもうナギニではないの。分かっているでしょ？　今の私たちは記憶を思い出した直後で、前世に引き摺られているだけ。前世は前世で今世とは別物。くだらない約束に縛られず生きるべきなのよ」

思いの丈をひと息に告げた。

アスラート王子が信じられないという顔をしている。

まさかそんなことを言われるとは予想していなかったのだろう。

そんな彼をもう一度睨み、口を開いた。

「関わらないで。――私はヒルデではないのだから」

踵（きびす）を返し、自室へ向かう。

アスラート王子は追ってはこなかった。

間章　交わされた密約（アスラート視点）

ヒルデに拒絶されたオレは真っ直ぐに謁見の間へと戻った。

先ほどの彼女との会話が、まだ頭の中に残っている。

オレ――アスラート・ティグリルが前世を思い出したのは、つい先ほどのことだ。

父と部下に「頼むから見合いに行ってくれ」と泣きつかれ、気乗りしないままやってきた隣国モルゲンレータ。

そこで見合い相手の妹と挨拶をすることになった。

妹の名前はカタリーナ。

オレと同じ十八才で、彼女を見るまで正直まったく興味などなかったのだけれど。

カタリーナを視界に入れた瞬間、全ては変わった。

今までなんの予兆もなかったのに、眠っていた記憶が強引に引き摺り出されたのだ。

それは昔、オレがナギニとして生きた二十五年間の記憶。

モルゲンレータ王国宰相として生き、誰よりも愛した女と再会の約束をして死んだこと。それら全てを思い出した。

――ヒルデ……。

昔のオレが愛した女性。

身体の弱い、穏やかな気質のひと。だけど誰よりもその心根は優しく、オレはいつの間にか彼女に惹かれるようになっていた。

想いを告げて恋人となり、当時の国王に認められて婚約を交わした。

けれどもうすぐ結婚式を迎える、一番幸せな時期。

そのタイミングでの出来事だった。

オレたちが事故に見せかけられて、殺されたのは。

当時、国はかなりの内乱状態で、少々強引なやり方をしてでもなんとか正しい方向へ持っていこうとする宰相のオレを気に入らない者たちは多かった。

このままではいつ、自分たちが排除されるか分からない。

王国を乱していた者たちはきっとそう考えたのだろう。

あの頃、オレを殺そうとする計画がいくつかあるのは知っていた。

だから警戒していたのだけれど、あの日、よりによってヒルデとのデートの日に彼らの作戦は実行され、オレたちは殺されることとなったのだ。

間違いなく、自国の王女まで巻き込むことはあるまいと高を括っていたオレのミスだった。

結果として、オレだけではなくヒルデも死んだ。

死の直前、それを申し訳なく思うと同時に、彼女がこの先、オレ以外の男と結婚する可能性がなくなったことを心底喜んだ。

それほどまでにオレはヒルデのことを愛していて、彼女さえいればこの先も生きていけると信じていた。

息を引き取る直前、彼女と「来世で一緒になろう」と約束を交わしたが、紛れもなく本気だった。きっと生まれ変わってみせる。そして次こそは彼女と幸せになるのだとオレは信じたのだ。

そして時が経ち、オレはこの世界に転生を果たした。

思い出したのが彼女と出会ってからというのは申し訳なかったが、幸いにもオレに恋人や婚約者の類いはいない。

そもそも恋愛に興味がなかったし、どちらかというと厭わしく思っていたくらいだったのだ。

それがどうしてだったのか、今なら分かる。

オレはヒルデを探していたのだ。

無意識に彼女を追い求めていた。

彼女以外は要らないと思っていた。だからどんな美女を見ても心が動くことがなかったのだ。

思い出したからこそ断言できるし、今世のオレは王子という立場。

前世と同じ王女として生まれたヒルデを貰い受けるのになんの問題もない。

だから謁見の間から出た彼女の後を追った。

彼女の様子を見れば、オレと同じタイミングで前世を思い出したと分かったし、それなら約束だって覚えているだろう。そう思ったから。

だが、結果は惨敗。

ヒルデは手ひどくオレを拒絶し、くだらない約束に縛られず生きるべきだ、などと言ってくる。

意味が分からなかった。

前世を思い出したのなら、約束を果たせば良い。

ヒルデだって迎えに来て欲しいと願ってくれたではないか。

それなのに、実際に生まれ変わってみれば、くだらないと言って逃げていく。

彼女の考えが分からない。

自分はヒルデではなくカタリーナだと言っていたが、オレにとってはヒルデでしかないのだ。

今の彼女は昔とは全く違う雰囲気で、これがあのヒルデかと躊躇(ためら)いはするが、前世と違うのはオレも同じ。

彼女であればそれでいい。心からそう思っているのに――。

「どういうことか、説明してもらいましょうか」
謁見の間へ戻ったオレを待ち構えていたのは、腰に手を当てた姉王女であるサリーナ、そして国から連れてきたふたりの部下だった。
彼らは双子で、侯爵家出身。エメラルドグリーンの髪色が特徴だ。

名前はミツバ・リーグストローンとヨッバ・リーグストローン。

兄のミツバは泣き言が多いが、国一番の剣の使い手。

弟のヨッバは背中まである長髪に眼鏡を掛けている。

運動系は全く駄目だが頭が良く、興が乗ってくると早口になる癖がある。

あと、会話の途中に「ええ」という言葉をよく挟む。

ふたりともオレが幼い頃から一緒にいる、信頼できる部下だった。

その彼らが、どういうことだと言わんばかりに目で訴えてくる。

それをさっくり躱し、素早く周囲に目を配った。

国王はいない。オレが出ている間に席を外したようだ。

いつの間にか警備の兵もいなくなっていたが、おそらくこれは目の前の王女によるものだろう。

眦を吊り上げ、オレをキツく睨んでいる。

溜息を吐き、王女に向き合った。

「どういうこと、というのは？」

「私と話をしていた時には、全く興味ありません、みたいな顔をしていたくせに、カタリーナと会うや否や、目の色を変えて追いかけていったことに対する説明よ。決まってるでしょ」

「そう言われても」

肩を竦める。

そもそもサリーナとの見合いは、オレが望んだものではない。

どうしてもと国の皆に泣きつかれたから、仕方なく来ただけだ。ひと月の滞在期間が終わったところで、話を受ける気はなかった。

それはこの目の前にいる王女も同じはず。

ヒルデと会う前に少し話しただけでも分かった。

彼女もオレと結婚する気がない。

それを察し、ある意味気楽で助かると思っていた。

そんな彼女がヒルデのことを問い詰めてくる理由が分からない。

疑念を抱いていると、サリーナはカッと目を見開いた。

「私のことはどうでもいいのよ。今は、カタリーナの話をしているの。まどろっこしいのは嫌いだからズバリ聞くわ。あなた、カタリーナのことが好きなの？」

「ああ」

挑むように睨めつけられたが、怯むことなく頷いた。

己の気持ちを伝える。

「ひとめ見て分かった。オレは彼女に会うために生きてきたんだ。オレは彼女を愛している」

今度こそヒルデと幸せになる。

それが今世のオレの目標であり生きがいだ。

自信を持って告げると、サリーナが疑わしげにオレを見つめてきた。

「……へえ。今日、初めてあの子に会ったのよね？　それなのにそこまで言えるの」

「言えるとも。この気持ちは変わらないと断言できるからな」

「……ふうん」

ジロジロとオレを見てくる。

その目が胡散臭いと言っていた。

しかし先ほど初めて顔合わせをした時は大人しい感じのどこにでもいる女性にしか見えなかったのに、妹が関わった途端、豹変するとは驚きだ。

もしかしなくてもこちらがサリーナの本性なのだろう。

どうやら猫を被っていたようだ。

楚々とした外見とのギャップが凄まじいが、この様子では相当、妹を溺愛しているのだろう。

そのサリーナが胡散臭いという表情を隠さず告げる。

「本気……のようね。言っておくけど、一時の気の迷いでカタリーナを傷つけたら絶対に許さないから」

「誰が傷つけるだと？　あいつを誰よりも守りたいと思っているのがオレだぞ。傷つけるなどあり得ない」

きっぱりと告げる。

前世でオレはヒルデを己のミスから失うことになった。

二度とそんなへまはしないし、今度こそ最期の時まで守り通してみせる。

決意も新たに告げると、サリーナは傲岸な態度で頷いた。

「そう。ま、今のところは及第点かしら」

腕を組んだサリーナがオレを見据える。その目を負けじと見つめ返した。

サリーナがまるで神でもあるが如く託宣を下す。

「良いでしょう。それなら、ここに滞在するひと月の間に、妹を落としてみせなさい」

「……なんだと？」

「妹を落としてみせろと言ったのよ。もちろん、私もただ黙って見ているなんて真似はしないわ。徹底的に邪魔をしてあげる。それでもめげずにあの子に手を伸ばせるのか、あなたの本気度合いを見せて欲しいと言っているのよ」

「……ほう」

サリーナの言葉に片眉を上げる。

彼女の目は真剣で、冗談を言っているようには見えなかった。

間違いなく本気の提案をしている。

「真実あの子を愛しているというのなら、そのくらいの試練は軽く乗り越えてもらわないと困るの。あの子はね、人の痛みを理解し、寄り添うことのできるとても良い子。私のこともいつだって気に掛けてくれる。そんなあの子だからこそ、誰よりも幸せになって欲しいのよ。中途半端な男にあげられるわけないじゃない」

「なるほど。あいつが欲しければ、お前を認めさせてみろという話だな。良いだろう。オレの本気を見せてやる」

面倒な話ではあるが、身内が反対している状態なのは良くないし、サリーナが本気で妹を大切に想っていることが伝わってきたから断れないと思った。

それに、ヒルデは家族のことを大切にする女性だった。

家族を愛し、愛されるひと。

きっと今の彼女もそうなのだろう。

これほどまでに姉に思われているのだ。間違いない。

彼女のことを思えば、家族の意向を無視するのは避けたかった。

挑戦を受けることを告げると、サリーナは満足そうな顔をした。

「いいわ。その言葉、忘れないようにね」

「もちろんだ」

「お手並み拝見と行こうかしら。私も手は抜かないから、覚悟して」

艶(あで)やかに微笑み、サリーナが謁見の間を出ていく。

扉が閉まる。

結果として他国の謁見の間に、オレひとりが残ることとなってしまった。

それまで空気を読み、大人しく控えていた部下のひとり、ヨッバが眼鏡のフレームに触れながら言う。

「なんとまあ……ずいぶん面倒な話になってきましたね……え、殿下、カタリーナ王女に一目惚れしたんですか？」

「……止めて下さいよう。この国に来る前は、見合いはしても絶対に結婚なんてしないって言っていたくせに、なんでこんな展開になってるんですかあ」

ミツバも弟に追随する。

ふたりに恨めしげに見られたが、返せる言葉はこれだけだ。

「知るか。そういうこともあるだろう」

「ないですって……」

ミツバが天を仰ぐ。

ヨツバも溜息が止まらないようだった。

彼らは納得できないみたいだが、オレだって結婚するつもりなんてなかった。でも前世を思い出してしまったのだから、仕方ないではないか。

オレのすることはただひとつ。

最期に残したオレの未練。それをなんとしてでも叶えること。

そのためならどんなことでもするし、してみせる。

「待ってろよ、ヒルデ」

決意を込めた言葉が謁見の間に響く。

巻き込まれたふたりの部下はまだ嘆いていたが、オレの知ったことではなかった。

第二章　思い出語り

バタン、という音と共に扉が閉まる。

王女としては行儀が悪すぎるが、今日だけは勘弁して欲しかった。

アスラート王子を拒絶した私は、脇目も振らずに走り、全速力で自室に戻っていた。

追いかけられては堪らないと思ったのと、彼から逃げたい気持ちが強くあったからだ。

「はあ、はあ、はあ……」

ズルズルと扉の前で座り込む。

額を押さえ、溜息を吐いた。

「もう、最悪……」

息が乱れる。

姉の見合い相手に挨拶に行っただけなのに、まさかの前世を思い出す羽目になるし、その見合い相手は前世の婚約者で、向こうも記憶を思い出して、なおかつ「次こそ共に生きよう」という約束をいきなり履行させようとしてくるなんて思いもしなかった。

「……」

膝を抱える。

私を追いかけてきたアスラート王子のことを思い出した。

物静かな人だったナギニとは全く違う、明るい雰囲気を纏った王子。

だけど私は彼がナギニであることを疑わなかったし、彼自身もそれを肯定した。

思い出した記憶は私の妄想なんかではなく実際にあったことで、今、私は生まれ変わってここにいる。

「……ナギニ」

昔、誰よりも愛した男の名前を口にする。

ついさっきまでその存在を完全に忘れていたくせに、今はいくらでも思い出せるのだから不思議なものだ。

今とは違い身体も強くなく、大人しかった私。

引っ込み思案で人と関わることがあまり得意ではなかった私に、ナギニはいつだって優しかった。

初めてまともに話したのは、彼が宰相に任じられた日。

その日、彼は私が好きな本の話をして、緊張を解(ほぐ)してくれた。

私が父以外の男の人と話すことが苦手だということを知り、事前に乗りやすい話題を考えていてくれたのだ。彼の気遣いにとても感謝したことを覚えている。

宰相という立場もあって、それ以降、彼とは徐々に話す機会が増えていき、やがて私はナギニを男性として意識するようになった。

丁寧な言葉遣いと優しい物腰。青い瞳はいつでも柔らかく細められていて、彼と話すと安心する。手に触れられると、それがたとえエスコートであってもドキドキする。

彼に恋をしているのだと、気づかないはずがなかった。

だから彼からの告白に頷けた時は天にも昇る心地だったし、婚約を認められた際には、こんな幸せなことがあっていいものかと本気で思った。

ナギニを愛していた。

彼の妻になる日を、心の底から楽しみに待っていた。

その願いが叶うことはなかったけれど、死の瞬間まで確かに私は幸せな女だったのだ。

「……」

ゆっくりと立ち上がる。

自室の奥にある書棚へと向かった。

天井までの高さがある書棚には、ぎっしりと本が詰まっている。

その中からモルゲンレータの歴史書を取り出した。パラパラとめくる。

「……」

目的の記述を見つけた。

今から百年ほど前の出来事で、そこには次のように書かれてあった。

――国は荒れ、内乱状態にあった。

貴族の中には私腹を肥やす者も多くおり、時の宰相であったナギニ・ディスタラートが彼らを一掃するタイミングを計っていたが、それを察知した者たちが先に動いた。

彼らは事故に見せかけ、ナギニ・ディスタラートを暗殺したのだ。

ナギニ・ディスタラートには当時、第一王女であったヒルデ・モルゲンレータという婚約者がいたが、彼女も共に殺された。

首謀者は処刑されたが、この凄惨な事件を受け、心を酷く痛めた当時の国王が、このままではいけないと国を正した。

これより後、モルゲンレータは平和の国として知られていくようになる――。


「これって、もしかしなくても私たちのこと、よね……」

本を閉じる。知らず、声が震えていた。

家庭教師からモルゲンレータの歴史については学んでいたし、この事件も知っていたが、まさか自分たちのことだったなんて気づきもしなかった。

そういう悲惨な話があった上で、今の平和は成り立っているのだと理解した。

それだけだったのに。

先祖にあたるヒルデ王女の墓にも参ったが、それを見ても何にも思い出さなかった。

だけど今の私は、歴史書の簡素な事実だけを記した文字から、当時、実際にあった細かな出来事まで思い出せてしまう。

「デート中に突然馬車が崖から落ち、死んだのよね」

あの時は事故が起きたんだと思っていたけど、本当は違ったのだ。

ナギニを邪魔に思っていた人物たちによる犯行。

あれは事故ではない。暗殺だった。

「暗殺……」

心がキュウッと絞られるように痛む。

自分が殺されたなんて信じたくなかった。だけど歴史書を紐解けば事実は明らかで、しかも百年も前の話だ。

恨むにも犯人たちはすでに処刑されているし、その時代の人たちは誰ひとり生きてはいない。

複雑な心境ではあったが、終わった話だと割り切るより他はなかったし、そんなものより大事なことがあった。

それは――。

「……生まれ変わったら、今度こそ、か」

死ぬ直前、ナギニと約束をしたことだ。

もし生まれ変わることがあれば、次こそ夫婦になろうと誓い合った。

その約束は死を迎える私にはとても心強いもので、それがあったからこそ、すぐ側まで迫っている死を怖いと思わなくて済んだのだ。

生まれ変わるなんてあり得ないと分かっていたけれど、確かにあの時、約束は救いになっていた。

「でも、本当に生まれ変わるとは思わないじゃない……」

本を書棚に戻しながら呟く。

あの約束は死にゆく自分たちへの慰めだと、ふたりとも分かっていたはず。

だから本当に転生したところで「さあ、約束を果たそう」なんて話にはならないのだ。

それなのにナギニ――いや、アスラート王子は追いかけてきた。

「約束を果たそう」と求婚してきた。

彼が何を考えているのか分からないし、そもそもアスラート王子は姉の見合い相手ではないか。

求婚するのなら私にではなく姉にするのが正解だ。

「そう、そうよ。アスラート王子はお姉様の相手なんだから」

窓の側に設置してある揺り椅子に座る。

椅子を揺らしながら目を瞑った。

姉のために用意された相手に、私がしゃしゃり出ていくのは話が違う。

それに姉、サリーナは男運が悪く、なかなか良い相手に恵まれないことが悩みだった。

だが彼なら問題ない。

アスラート王子の人柄は知らないが、ナギニはとても素敵な人だった。

彼の記憶を持つ王子なら、きっと姉を幸せにしてくれるに決まっている。

「……お姉様の相手がナギニなら、私も安心できるわ」

今世、もう一度ナギニに会えたのは嬉しかったが、前世と今世を一緒くたにしてはいけない。

私はもうヒルデではなくカタリーナで、彼もナギニではなくアスラートなのだから。

お互い、前世とは違う人生を歩んでいる。

記憶を思い出したからといって、過去に戻るのは間違いなのだ。

彼は彼、私は私で、それぞれ昔に囚われず、今を生きなければならない。

己の幸せは己の手で見つけなければならないのだ。

そう思ったからこそ、先ほどもアスラート王子を拒絶した。

カタリーナをヒルデとして扱ってくる彼を受け入れることはできなかったから。

「……のはずなのに」

下唇をむにっと突き出す。

完璧な理論だと思うのに、そうするのが正解で、これ以上の答えはないと確信しているのに、何故か私の心が納得できないと騒いでいる。

割り切れない。せっかく会えたのに、どうしてナギニを諦めなければならないのかと叫んでいるのだ。

「前世の約束に囚われたってなんの意味もないのに」

約束は過去のもので、すでに形骸化している。果たせという方が間違っているのだ。

そう言い聞かせているのに、関係ないと思っているのは本心のはずなのに、何故か自分を納得させられない。

苛々する。

自分の本音がどこにあるのか分からなくて、どうしようもなく辛かった。

「私はヒルデではないのに」

椅子の上で膝を抱える。

私を追いかけてきたアスラート王子の顔が脳裏を過る。

その顔はナギニとは全く違ったけれど、でもどこか懐かしくて、やっぱり嬉しいと思ってしまった。

次の日。

自分の気持ちを消化しきれなかった私は、気分転換をするべく、王城の庭にある百合園を訪れていた。

百合は今が見頃。

赤やオレンジ、黄色や白といった様々な色の百合を見ながら散歩をしていると、ずっと収まらなかった苛々も少しは落ち着くような気がしていた。

「綺麗だわ」

薔薇の花も好きだが、私は百合が一番好きなのだ。

たくさんの百合に囲まれていると幸せな気持ちになれる。

それは昔からだ。

前世でも私は百合が好きで、よくこの庭を訪れていた。

「全然変わっていないのね……」

百年前と殆ど変わっていない百合園を感慨深い気持ちで眺める。

まさか百年経って、同じ百合園に足を踏み入れるとは思いもしなかった。

というか、以前と同じモルゲンレータ王族として生まれ変わっているというのが、そもそもおかしな話なのだけれど。

「ああ、そういえば、よくこの百合園をナギニと一緒に散歩したわね」

そんなつもりはなかったのに、庭を切っ掛けに彼のことも思い出してしまった。

私が百合園を好きなことを知ったナギニは、よく散歩に誘ってくれたのだ――。

「今年の百合も綺麗だわ」
「ええ、本当に」
ナギニと共に百合園の中を歩く。

午後、暇を持て余していた私を、休憩時間だからと彼が誘ってくれたのだ。

ひとりで百合を見て回るのも好きだが、恋人と一緒なら尚のこと楽しい。

初夏の日差しは少しキツかったけれど、日傘を差しているのでそこまで負担には感じなかった。

ナギニが微笑みながら言う。

「百合にこんなにも種類があるとは、ここを見るまで知りませんでした。私のイメージは白でしかなかったので」

「ふふ。意外と色鮮やかでしょう?」

「はい。心が洗われるようです」

背の高い彼を見上げる。

天気の良い日でも、ナギニはいつも長袖の上着で汗ひとつ掻く様子もなかった。

一度、彼に「暑くないのか」と聞いたことがあるが「心頭滅却すれば火もまた涼し」とかいうわけの分からない言葉が返ってきたのを覚えている。

あれはどういう意味だったのか、今考えても分からない。

眼鏡の奥の青い瞳が優しく細められる。ナギニはじっと私を見つめたあと、おもむろにその場に跪いた。

「えっ……」

「姫様。どうか私と結婚していただけませんか」

「……」

突然のプロポーズに言葉が出てこない。

呆気にとられた私をナギニは愛おしげに見つめた。

「あなたと恋人になって、短くない時が過ぎました。姫様への想いは日々増すばかりで留まるところを知りません。最近では、もしあなたに他国からの縁談があったらどうやって陛下に断ってくれと泣きつこうかと、そんなことばかり考える始末。私の妻になってはいただけませんか。きっと幸せにしますから」

「ナギニ……」

彼の言葉を聞き、涙が溢れ出す。堪らず顔を覆った。

「姫様？」

ナギニが焦ったように立ち上がる。私は首を左右に振った。

「ち、違うの。そうじゃなくて私……嬉しくて……」

笑顔で「はい」と言いたいのに、涙が止まらないのだ。

みっともない顔を見せたくない。

それなのに涙はいつまで経っても止まってくれず、嗚咽も続いたまま。

せっかくのプロポーズが台無しだ。

「私……嬉しいのに、こんな……泣いて……ごめんなさい……」

涙を拭っていると、ナギニがそっと私を抱きしめた。

「……構いませんよ」

「ナギニ？」

「あなたは嬉しくて泣いてくれているのでしょう？　それならば構いません。私のプロポーズを受けてくれるんですよね？」

「も、もちろんよ」

彼の胸の中で何度も頷く。

ナギニは「良かった」と柔らかく言い、私の頭を撫でてくれた。

「明日にでもお許しを頂けるよう、陛下にお願いに参ります。万が一、断られた時は一緒に駆け落ちして下さいね」

「ふふっ、ナギニったら、またそんなことを言って」

国の宰相が王女と駆け落ちなどあり得ない。

大体、父はナギニのことを気に入っているのだ。彼が私を欲しいと言えば、父は大喜びで頷くだろうという確信があった。

だから、これは彼なりの冗談だ。それは分かっていたけれど、断られても一緒に逃げて欲しいと言われたことは嬉しかった。

「あなたと一緒なら、どこにでも行くわ」

ナギニの胸に頬を寄せ、告げる。

風がそよぎ、強く百合の芳香がした。

きっとこれから百合の季節が来るたびに、私は今日のことを思い出すのだろう。

世界で一番好きな人にプロポーズをしてもらったこと。

それは素晴らしい思い出で、一生忘れたくないキラキラした輝きを放っていた。

「……そういえばそんなこともあったわね」

溜息を吐き、頭を抱える。

ナギニと散歩をしたなあと、そこで止めておけば良かったのに、ついそれに付随する思い出まで芋づる式に思い出してしまった。

そう、この百合園はナギニからプロポーズされた場所でもあったのだ。

しかもちょうど今、私がいるところ。

思い出してしまった己が恨めしい。

前世は前世で今世とは関係ない。

そう思いたいし、思っているはずなのに、次々と過去が襲いかかってくるのだからやりきれなかった。

「……しばらく百合園には来ない方が良さそうね」

せっかく好きな花なのに、百合を見るたび複雑な心境になるのは避けたい。

まだ思い出したばかりなのだ。

もう少し気持ちが落ち着くまでこの場所は避けるかと思っていると「ヒルデ」と、昔の名前で私を呼ぶ声がした。

「……げ」

顔を見なくても分かる。

何せ私を「ヒルデ」と呼ぶのはひとりしかいないので。

何故、よりによってこのタイミングで来るんだと思いながらも声のした方に目をやると、アスラート王子が供を連れて、こちらにやってくるのが見えた。

「ヒルデ、探したぞ」

「……私はヒルデではなく、カタリーナだと何回言えば分かるのかしらね」

我ながら冷たい声だったが、アスラートは怯まない。

それどころか笑って頷いた。

「そういえばそうだったな。今世はカタリーナと言うんだったか」とあっけらかんとしている。

その軽い態度は、前世のナギニとは全く違うもので、本当にこの男がナギニなのかと一瞬疑いたくなったくらいだった。

「分かっているのなら、ヒルデとは呼ばないでちょうだい。大体、何をしに来たのよ。あなたはお姉様の見合い相手でしょ。話し掛けるべきはお姉様であって私ではないはずよ」

私には関係ない話なのだ。

昨日挨拶したのは、顔を合わせることもあるからというだけで、本来関わるはずのない人だった。

だがアスラートは平然と言ってのけた。

「サリーナ王女の見合い相手として来たのは本当だが、オレが好きなのはお前なのだから、お前を追いかけるのは当たり前ではないか？」

「は？」

「お前の意見は聞いた。だが、オレに諦める気はないからな。だからお前を探していたんだ」

「諦める気はないって……」

「今世こそ人生を共に。オレの願いは昔も今も変わらない」

キッパリと告げるアスラート。

過去を断ち切ろうとしている私とは、真逆の考えだ。

彼は思い出して尚、ナギニであろうとしている。

何故か動揺する。それを押し殺し、彼に言った。

「私をあなたの未練に付き合わせないで」

「未練、か。そう言いながらも、お前だって百合園に来ているではないか。昔からお前は百合の花が好きだったからな。ここに来れば会えるのではと思ったが、正解だったな」

「っ！　私が百合好きなのは前世とは関係ないわっ！」

決して、前世繋がりでここに来たわけではない。

そういう思いを込めて、強く言い放った。舌打ちをし、睨み付けると、アスラートが目を瞬かせる。

「――前世とは随分変わったな、お前。以前はもっと大人しい女だったのに」

「は？　変わったのはお互い様でしょう？　あなただって前とは喋り方も違えば、雰囲気だって違う。私のことは言えないはずだわ」

「前世を思い出したのが昨日なのだから仕方ない。ただ、オレはオレだ」

「そんなの私だってそうよ」

言いながら思う。

本当に前世とは全然違うな、と。

以前の私たちならこんな喧嘩腰になることはなかった。

ふたりの間にはいつも穏やかな空気が流れていて、その空気感がとても好きだったのに。

「……もう、勝手にして。私は私で勝手にするから」

アスラートを無視し、百合の花に意識を集中する。彼と話していると、忘れようとしている前世の記憶がいくらでも出てきて困るのだ。

だが、アスラートは知ったことではないとばかりに話し掛けてくる。

「――昔、よくここで散歩をしたな」

「……」

「仕事の息抜きに、お前を誘って。思えば、あれはオレの唯一の息抜きの時間だったのかもしれない」

「……」

「お前が百合を見つめる様を見るのが好きだったんだ」

「……」

話し掛けてくる内容を耳に入れないようにしたいのに、どうしたって聞いてしまう。

彼もあの時間を覚えていてくれたのだと嬉しくなるのだ。

——聞きたくないのに。

アスラートが愛おしげに語る様子が気になり、つい彼を見てしまった。

バッチリと目が合う。

「あ」

「ようやくこちらを見たな」

にやりと笑われ、カッと顔が赤くなった。

分かっていたと言いたげな表情をされるのが恥ずかしい。

「聞いていない振りをするのならもっと上手くしろ。耳が動いていて、バレバレだったぞ」

「……う」

指摘され、二重に恥ずかしかった。

気まずすぎて俯く。そんな私にアスラートが言った。

「——覚えているか。昔、この場所でプロポーズをした」

「……っ!」

ハッと顔を上げる。

アスラートと目が合った。彼はじっと私を見ている。その目がゆっくりと細められた。

その表情にナギニを思い出す。

彼が昔、よくしていた顔だった。

「お前も覚えてくれていたようで何よりだ。あの時のことは、絶対に忘れない。生涯を掛けて、お前を守ろうとこの胸に誓った」

「ナ……」

ナギニ、と呼びかけそうになったが堪えた。

彼をナギニではないと言ったのは、他ならぬ私だったから。

唇を噛みしめ、俯く。

そんな私に何を思ったのか、アスラートはその場に跪いた。

「えっ……」

「もう一度、あの日の誓いをお前にしたい。――構わないだろうか」

言外にプロポーズをすると言われ、目を見開いた。

彼が言葉を紡ぐ前に急いで告げる。

「駄目よ。それは今の私にしていいものではないわ」

「だが、オレは――」

「駄目。受け取れない。言っているでしょう。私はヒルデではないと」

これ以上、私の前に跪く彼を見たくなくて、背を向ける。

一時の逃げでしかないと分かっていたが、この場に留まることができなかった。

「ヒルデ！」

アスラートが私を呼ぶ。

こんな時でも『ヒルデ』と呼ぶことに気づき、やはり彼が私を前世でしか見ていないことが分かった。

咄嗟に叫び返す。

「私はヒルデではないと言ってるでしょ！」

彼は私（カタリーナ）のことなんて見ていない。

ヒルデ・モルゲンレータという、今はいない女を追いかけ続けているだけなのだ。

それを悲しいと思うのは本当なのに、同時に嬉しくも思ってしまう。

昔のことを覚えていてくれたこと。

私が大切にしていたことを彼も同じように大切にしてくれていたこと。それを知り、私の中のヒルデが幸せだと笑うのだ。

「違う。こんなの良くない」

分かっているのに拒否しきれない自分がいる。

何故拒否できないのか。

決まっている。私がヒルデでもあるからだ。

ヒルデである私が彼の言葉を嬉しいと思っているから、拒絶しきれない。

「なんて、情けない」

自分の心がふたつに引き裂かれそうだ。

そんな己を殴りつけたいと思いながら、私は百合園を後にした。

間章　前世のヒルデと今世の彼女（アスラート視点）

悲愴（ひそう）な顔をして去っていくヒルデを見送る。

追いかけるのは簡単だったが、しなかった。

それは悪手でしかないと分かっていたからだ。

彼女の姿が完全に消えたことを確認し、振り返る。

微妙な顔をしたふたりの従者が立っていた。ここには一緒に来たのだが、彼らは空気を読んで、オレたちの会話が終わるのを少し離れたところでじっと待っていてくれたのだ。

双子の弟の方、眼鏡を掛けたヨツバがオレに言う。

「……良いんですか？　追わなくて。随分と揉（も）めていたようですけど」

立ち去ったヒルデのことを言っているのだろう。

「構わない。今追ったところで彼女の気持ちをこちらに向かせることはできないからな。まずはその心を揺らし、オレを気に掛けさせるのが先決だ」

「なるほど。時期を見計らうということですね？」

「ああ」

納得したのかヨッバが引き下がる。

兄のミツバが泣きそうな声で言った。

「なんか……殿下が昨日までとは別人みたいになってるんですけど……誰これ、知らない人……」

「オレはオレだ。変なことを言うな」

そう言いつつ、仕方ないことだとも思っていた。

何せ昨日、オレはナギニ・ディスタラートとして歩んできた人生を思い出してしまったのだ。

ナギニは今世のオレとは違い、人の闇深いところもよく知っている男だった。

愛する女には見せることはなかったが、若くして宰相などという地位に就いた男。かなりどぎついこともやっている。

そんな男の記憶が蘇ったのだ。多少、性格が変わるのも仕方ないことではないだろうか。

「あの根明だった殿下は一体どこへ……」

ミツバが嘆くも、オレとしては記憶が蘇って良かったとしか思えない。

前世を思い出す前のオレは、明るく素直な性質だった。わりと情に脆(もろ)いところもあったし、正直あまり王族には向いていない。

気づいた時には、オレが王太子であることを面白く思わない者たちに追い落とされていた……なんてこともありそうだったが、今のオレならそんな事態になることもない。

今後のことを考えても、前世を思い出したことはプラスにしかならないだろう。

「前世の記憶を取り戻したんだ。多少、性格が変わるのは仕方ない」

「前世、ですか？」

反応したのはミツバではなくヨッバの方だった。

ミツバは分かりやすく疑わしいという顔をしている。そんなふたりにオレは簡単に昨日の出来事を説明した。

ヒルデと会って、前世の記憶を取り戻したこと。

今のオレは、ナギニ・ディスタラートという前世とアスラート・ティグリルという今世が混じり合った存在なのだと、そういうことを告げたのだ。

どうしてこのふたりに言ったのかといえば、もちろん味方につけるためだ。

彼らは昔から一緒にいることもあり、信頼している。

この双子が味方についてくれたら、色々やりやすいと考えたのだ。だから先ほどのヒルデとの会話もわざと聞かせた。

彼らが疑問を持つように。

ヒルデの方は、あまり彼らを気にしていなかったようだが、ある意味そのおかげで助かった。

オレの前世の話に彼女が当たり前のようについてこられているということを、彼らはその目で見ることができたのだから。

それを見ていれば、今の話も眉唾とは思わないだろう。

一考する価値はあると結論を出すはず。

特に弟のヨッバはその頭脳を買われた優秀な男だ。信じてくれるのならヨッバが先だろうと、そう踏んでいたのだけれど。

「えー、じゃあ、殿下ってモルゲンレータの宰相だったんですか？　しかも百年前の？」

意外にも真っ先に肯定的な反応を見せたのは兄のミツバの方だった。

彼は目を輝かせ、オレを見ている。

「しかもあの有名なディスタラート宰相！　超有能だったけど、当時の国王反対派を一掃しようと急いだ結果、婚約者の王女と一緒に殺されたんですよね。うわ～！　僕でも知ってる有名人じゃないですか！　すごい！」

「え、信じるんですか？　今の与太話を？」

興奮気味に語る兄をヨツバが驚いたように見る。ミツバは頷き、弟に言った。

「与太話ってこともないと思う。さっきの殿下の会話、ヨツバだって聞いてただろ？　事前に打ち合わせもなく、あんな示し合わせたように昔の話なんて普通、できるかな？　それに王女様の方は、否定したい、みたいな態度だったし」

「それは……確かに」

ヨツバが考え込む。やがて結論が出たのか、オレに視線を向けてきた。

「……正直、信じがたい話ではありますが、嘘とも言い難いというのが私の見解です。確かにミツバの言う通り、カタリーナ王女との話は真に迫りすぎていた。あなたの冗談に乗ってくれたというのも考えられますが、あの剣幕でそれは不可能でしょう」

「ああ、ずいぶん怒らせてしまったからな」

「わざとのくせに」

ヨッバの問いかけるような視線を笑顔で躱す。

どうやらふたりともオレの話を信じてくれたようだ。いや、疑いたい気持ちはあるが、否定しきれる要素がないという方が正しいだろうか。

まあ、どちらでも構わない。

「分かっているとは思うが、このことは誰にも言うなよ？」

オレに最も近しいふたりだからこそ話したのだ。

念押しをすると彼らは頷いた。ヨッバが呆れたように言う。

「言ったところで、私たち以外、誰も信じないと思いますけどね」

「それはそれで問題だ。頭がおかしい王子だと見なされる。絶好の廃嫡チャンスだと思われるぞ」

オレが今所属する国、ティグリルの政局は現在混沌としており、モルゲンレータとは違う。

父は平和主義者だがそれを気に入らない者も多く、跡継ぎであるオレを追い落とそうとする動きもあるのだ。

今までのオレはその動きをあまり気にせず、なるようになるだろうと放置していた。性格が楽観的だったというのもあるが、人の裏を読むことがそう得意ではなかったからだ。

だが、ナギニ・ディスタラートという前世を思い出した今は違う。

水面下での駆け引きや、本心を探り当てることはむしろ得意分野。

今のオレには彼らが本気でオレや父をなんとか失脚させようと考えていると理解できる。絶対につけいる隙を与えるわけにはいかないのだ。

ヨツバが驚いた顔で言う。

「……前世云々は置いておいて。確かに、ずいぶんとお変わりになられたようです。以前までの殿下なら、あまり周囲の評価を気になさらなかったのに」

「以前までのオレは、かなり温い考え方をしていたからな。だが、それでは駄目だ。敵をつけあがらせるだけになる」

「その通りです」

眼鏡の奥の瞳がキラキラと輝き出す。

ヨツバは嬉しげに何度も頷いた。

そして聞き取るのが難しいくらいの早口で告げる。

「なんということでしょう！　ええ、ええ。殿下が『分かって下さる方』になって下さって本当に良かった。私は殿下の変化を歓迎いたしますよ。ええ、今までの殿下ももちろんお仕えするに相応しいお方ではありましたが、今の殿下の方が好みですから。私に近い考えを持っていらっしゃるようですし、ああ、こんな副産物がついてくるのなら、前世を思い出すというのも悪くないものですね。殿下の前世については正直半信半疑ではありましたが、全面的に信じることにいたします。ええ、ええ！　これからなかなかに楽しいことになりそうだ！」

「ヨツバ、ヨツバ、悪い癖が出てるから」

ミツバがヨツバの肩を揺する。

ヨッバには、興奮すると早口になるという悪癖があるのだ。誰かが止めるまで、延々と語り続ける。

ミツバのおかげで止まったが、ヨッバはまだ話し足りなそうだった。

「ミツバ、止めないで下さい」

「止めるでしょ。ヨッバが今の殿下を好ましいと思っているのは分かったからさ。他国にいる時までヨッバ節を出すのは止めなよ」

「……仕方ありませんね。それで、殿下。念のため確認いたしますが、殿下は見合い相手の姉姫の方ではなく、妹姫のカタリーナ王女と結婚するつもりということで間違いありませんか？」

「昨日も言っただろう。その通りだ」

ヨッバの質問に、頷く。

「オレが愛しているのは、昔も今も彼女だけ。二度とヒルデを奪われるつもりはない」

「その王女殿下は、殿下のことを拒否している様子でしたが」

ズバリ、痛いところを突いてくるヨッバ。

だが、それについては心配していなかった。

「ヒルデは優しい女だ。おそらく姉姫に遠慮しているのだろう」

「なるほど。ですが、昨日の感じでは、サリーナ王女はあなたに気がないように見えました。妹が欲しければ、本気度合いを見せてみろといったような言葉もありましたし……カタリーナ王女がサリーナ王女に遠慮する必要はないのでは？」

実に正しい見解だ。オレは頷きつつもヨツバに言った。

「オレもその話はするつもりだ。サリーナ王女に遠慮する必要はないと。だが、彼女の挑戦を受けていることはヒルデには言えない。そう、約束したからな」

昨日のことを思い出す。

挑戦を受けると告げたあと、サリーナは言ったのだ。

オレたちがヒルデを巡って争っていることを、本人には決して教えないように、と。

その状態でサリーナのあらゆる妨害に打ち勝ち、ヒルデの心を手に入れなければならない。

サリーナの心がこちらにないことくらいは言えるだろうが、それ以上は難しかった。

「お前の姉は、オレがお前の相手として相応しいか、全力で試そうとしているぞ」とは口が裂けても言えないのだ。

だが、受けた以上、その条件でやるしかなかった。

とはいえ、いざとなれば、ヒルデを攫っていくことだって吝かではないけれど。

オレにとってあの約束は今もなお有効で、今度こそ自らの手で彼女を幸せにしたいという思いが強い。

昔のことだとヒルデは言うが、オレにとっては昔も今も地続きで繋がっているのだ。

「殿下って一途だったんですねえ。知りませんでした。でも、姿も性格も変わってるのに同一人物だなんて言えるんです？」

ミツバが不思議そうに聞いてきた。

確かに彼の言う通りだ。ヒルデは変わった。パッと見ただけでは、彼女がヒルデだなんて誰も思わないくらいには姿も性格も違う。

でも、それでも――。

「確かに姿は変わったが、性格は変わっていない。ヒルデはヒルデのままだ」

「え……？」

ヒルデは明るく元気になった。気が弱く、身体も強くなかった頃とは大違いだ。

だけど、昔の穏やかで優しい彼女もいるのだ。それを先ほどの会話で実感した。

百合の花を見て微笑む彼女は以前までと何も変わらないし、昔、自分は彼女のその笑みに惚れた。彼女はいる。

確信し、笑っているとミツバが言った。

「でも、それなら余計に、お名前くらいちゃんと呼んであげた方がいいのではありませんか？」

「は？」

「殿下は頑なに、カタリーナ様をヒルデ様とお呼びになっておられますが、それは今の王女殿下にとっては失礼かと。彼女からすれば、今のお前は必要ないとでも言われている気分だと思いますよ」

「……そ、んなつもりは」

呆気にとられた。

ミツバに指摘されるまで、全く気づかなかったからだ。

オレにとっては、ヒルデはヒルデでしかなくて、だからそう呼んでいただけだったのだけれど。

「カタリーナ様だってあなたのことを今のお名前で呼んでいるでしょう？　あなたと違って、ちゃんと今のあなたを見てくれているんですよ。その辺り、早めに修正しておかないと、後々取り返しのつかないことになりますよ。結婚したいんですよね？　カタリーナ様と」

「……あ、ああ」

念押しされ、動揺しつつも頷いた。

確かにミツバの言う通り、昔はヒルデでも、今はカタリーナだ。

オレが今、アスラートであるように。

ナギニの記憶を持つアスラート。あくまでもアスラートが主体なのだ。ナギニという男はもう死んでしまったのだから。

そしてそれは彼女も同じ。

そんな簡単なことをミツバに指摘されるまで気づけなかった。

彼女だって何度も「自分はヒルデではない」と主張していたというのに。

どうやら転生し、再び出会えた喜びに我を忘れ、ずいぶんと暴走していたようだ。

「……そうだな。気をつける」

次に会った時には、今の名前を呼ぼう。

そう決意しつつ、ミツバに告げた。

「先に言っておくが、もし今回の件が失敗したとして、オレがカタリーナを諦めることはないからな。もしもの時にはお前が彼女を攫ってくるんだぞ」

「え、ええええええええ⁉　僕がですか⁉　ナンデエ⁉」

ミツバがギョッとした顔で、自身を指さす。

まさか指名されるとは思っていなかったのだろう。

ヨツバを見れば、彼は我関せずとばかりに明後日の方向を向いていた。

「僕、嫌ですよ！　そんなの貧乏くじじゃないですか！」

「体力仕事は基本、お前の仕事だろう。ヨツバに頼めないのならお前に頼むより他はない」

ヨツバは頭でっかちで、運動は苦手。この手の体力仕事でいざという時に頼れるのはミツバなのだ。

指摘すると、ミツバは「それは、そうなんですけどおお」と呻き、恨みがましげにオレを見た。

「僕、王女様から恨みなんて買いたくないんですけど。うう……そうならないで済むよう、絶対にカタリーナ王女を落として下さいね」

「もちろん、そのつもりだ」

力強く頷く。

幸せな未来を今度こそ。

それこそがオレの望みで彼女の希望でもあると知っているから、諦めることはないと断言できた。

第三章　前に進むために

百合園でアスラートと揉めてから、数日が経った。

幸いにも、あれからアスラートと顔を合わせてはいない。

もしかしたら、彼の方が気を遣ってくれているのかもしれないけれど、それならそれで有り難かった。

今、彼に会いたいとは思わないから。

でも、アスラートのことは気になるし、モヤモヤとした気持ちも消えない。

正直、考えすぎて疲れてしまった。

だから、思ったのだ。

「こんな時はお菓子作りよね」と。

一見、突拍子もないようだが、これは合理的な判断だ。

私はお菓子作りが趣味で、簡単なお菓子なら自分で作ることができる。

ひたすらお菓子を作る時間は幸せでしかない。ストレスを発散させるのにはうってつけだった。

王城の地下にある厨房(ちゅうぼう)へ出向き、少しお菓子を作る材料を貰えないかとお願いする。

私の趣味は料理人たちも知っているので、快く食材と、あとは厨房の隅のスペースを貸してもらえた。

「今日は何を作ろうかしら……」

貰った食材を見ながら考える。バターと小麦粉がたっぷりあるのが有り難かった。

玉子や牛乳といった基本的な材料は全て揃っている。

「やっぱりスコーンかしらね」

言いながら、手早く準備を進めていく。

スコーンなら完璧にレシピを覚えているし、ほぼ失敗することはない。

紅茶の茶葉を練り込んで、紅茶のスコーンを焼くのも楽しそうだ。

「～♪」

鼻歌を歌いながら、機嫌良くスコーンを作る。

そういえば、前世の私もお菓子作りが趣味だった。

しかも得意なのはスコーン。記憶を思い出す前でも、前世の影響が出ていたのだなと分かる話である。

「……前世、か」

気にしているからか、どうしてもアスラートのことを考えてしまう。

前世など知らないと言いたいのに、ことあるごとに昔のことを思い出し、彼に強く惹きつけられてしまう己が悲しかった。

「一度……ちゃんと話した方がいいのかもしれない」

廊下で話した時も百合園でも、私は彼から逃げ出した。

その場にいるのが耐えきれなかったからなのだけれど、そういう中途半端なことをするから、より彼が気になるのではないかと気づいたのだ。

それに、前世のナギニと今世のアスラートでは色々と違いすぎる。

その違いを改めて認識することで、ナギニとの思い出を過去のことと片付け、前に進むことができるのではないかと思い始めていた。

「そう……よね。いつまでも過去に囚われたままなのは私も嫌だし」

前世の私は、思い詰めることも結構あったが、今世の私はそれほどでもない。

自分の中で納得さえできれば、終わったことだとすっきりできる可能性は十分すぎるほどあった。

「……そうしよう」

「何をやっているんだ？」

「きゃっ⁉」

横から声がした。

オーブンにスコーンの生地を入れたタイミング。あと少し早かったら、スコーンを載せた角皿を取り落としていたかもしれない。

「あ、危ないわね。急に話し掛けないでよ！」

焦りながら横を見る。そこには、ここ数日姿を見せなかった男が、興味津々の様子で立っていた。

「……アスラート殿下？　どうしてこんなところに」

「いや、退屈でな。王城内なら自由にしていいと許可も貰っているので、探検がてら地下に来てみた」

「……そう」

何故厨房にと思ったが、許可が出ているのなら、私が言えることはない。

アスラートはオーブンの中を覗き込み「スコーンか」と言った。

「分かるの？」

「いや、お前はよくスコーンを焼いていただろう。だからそう思っただけだ」

前世の話をさらりと出され、ドキッとした。

先ほど私も同じことを思い出したからだ。

それを振り払うように言う。

「用事が特にないのなら出ていってくれるかしら」

「つれないな。オレとしてはお前と話したいと思っているのだが」

「お生憎様、私は……って」

拒絶の言葉を吐こうとしたところでハッとした。

そうだ。たった今、アスラートと話してみようと考えていたところだったではないか。

思い立ったが吉日とも言う。

ここで彼と話して、一気に自分の気持ちにケリを付けるというのは悪くない。

――そう、そうね。

むしろ手っ取り早くて良いと思う。

そう思い直した私は、口を開いた。

「そうね。少しくらい話してもいいかもしれないわ」

「ほう？　どういう風の吹き回しだ？　オレにとっては有り難い話だが、風向きが急に変わったな」

「いい加減、あなたのことで悩むのも面倒だって思っただけよ。きちんと話した方が、お互い過去は過去、今は今って割り切れるって考えたの」

「なるほどな」

頷いてはくれたが、本気にしていないのは見て明らかだ。

彼にとっては、そう簡単に割り切れるものではないのだろう。

それはそれでいい。私を巻き込まなければ。

「で？　話って、何を話すつもりなの？」

片付けをしながらアスラートに聞く。

スコーンが焼けるまで、まだ少し時間があるので、使った器具を洗っておこうと思ったのだ。

私が片付けをするのをアスラートは物珍しげに見ていた。

「そう、だな。ああ、まずはひとつ言っておかなければならないことがある」

「何？」

ボウルを洗いながら尋ねる。

「オレはお前の姉のことをなんとも思っていないし、それは向こうも同じだぞ。だからもし、お前がオレと親しくなることを姉に申し訳ないと思っているのなら、それは勘違いだ」

「……は?」

ボウルを洗っていた手が止まった。

アスラートを見る。

「なんの話?」

「だから、オレたちはお互いなんとも思っていないと言っている。オレは元々結婚自体する気がなかったし、向こうも気乗りしていなかった。お前のことがなくとも、ひと月後には『ではそういうことで』で終わるはずだった」

「……お姉様が、気乗りしていないのは知ってるけど」

元々姉は、失恋直後だったこともあり、今回の見合いに消極的だった。それが兄とティグリル国王の間で話が進められ、仕方なく会うことになったのだ。

見合いをしても、当人同士がその気にならなければ婚約はしない。

そう言われ、しぶしぶ見合いを引き受けたという話は姉本人から聞いている。

ただ、それでも私は、もし見合い相手が良い人なら上手く行けば良いのにとは思っていたけれど。

「なんだ。知っていたのか」

アスラートがホッとしたように息を吐く。私は洗い物を再開しながら頷いた。

「ええ。だからわざわざ言ってもらわなくても大丈夫よ」

そう言いつつも、ちょっとだけ、ホッとした自分がいることにも気づいていた。

アスラートが姉に興味がないと言ったことが嬉しかったのだ。

——そんなこと思うなんて最低。

酷い自己嫌悪に陥りながらもアスラートに告げる。

「それでも、あなたがお姉様の見合い相手であることは変わらないけどね。……だからあまり私に構わない方がいいわ。姉と見合いに来たはずなのに、妹を追いかけているなんて外聞が悪すぎるもの」

「オレはカタリーナが好きなのだから、カタリーナを追いかけるのは当たり前だろう」

「……え」

動きが止まる。

スコーンが焼き上がった音がした。それを無視し、アスラートに問う。

「今、なんて……？」

「カタリーナが好きだから、カタリーナを追いかけるのは当たり前だと言った。何かおかしかったか？」

「いや、そうじゃなくて……名前……」

今まで頑なまでに私を前世の名前でしか呼ばなかったアスラートが、急に『カタリーナ』と言ったのだ。

驚くのも無理はないだろう。

アスラートが「ああ」と頷く。

「お前が言ったんだろう。自分はヒルデではなくカタリーナだと。だからカタリーナと呼んだのだが、まずかったか？」

「ま、まずくはないけど……」

むしろ、ちゃんと名前を呼んでくれたのは嬉しい。

彼に『ヒルデ』と前世の名前で呼ばれるたびに、今の私はどうでもいいのかという気持ちになっていたから。

「ちょっと吃驚しただけ。もう永遠にヒルデって呼ばれるのかと思ってたから」

「お前もオレをアスラートと呼んでくれるだろう。それなのにオレが『ヒルデ』では失礼だと気づいた。……悪かったな。嫌な思いをさせただろう」

「う、ううん！　気づいてくれたのならいいの」

素直に謝られ、驚きのあまり思わず否定してしまったが、嘘ではなかった。

きちんと謝ってくれたのなら、それでいい。気づいて、直してくれたのならそれでいいと思えたから。

「……名前をちゃんと呼んでくれるのは嬉しいわ。アスラート殿下」

「アスラート、でいい。お前は抵抗あるかもしれないが、それこそ今更だろう」

「……それもそうね」

断ろうとしたが、彼の言い分に納得してしまったので受け入れた。

確かに、初手から友達口調でガンガンにやり合ったのだ。しかも前世のこととはいえ、相手について はよく知っている。今更取り繕うのも変な話だ。

「あなたが帰るまでの短い間だけど、呼び捨てにさせてもらうわ」

「帰るまで、か。それよりスコーンは出さなくても良いのか？」

「あ、忘れてた」

オーブンを指さされ、ハッとした。

そういえば先ほど、スコーンが焼き上がる音がしていたではないか。

慌ててミトンを使い、角皿を取り出す。

少し焦げてはいたが、大体想定通りのスコーンに仕上がっていた。

「ああ、良かった。黒焦げにならなくて済んだわ」

胸を撫で下ろしつつ、出来映えを確認する。

アスラートが私の隣から覗き込んできた。

「美味（うま）そうだな」

「そう？　良かったら食べる？」

物欲しそうな声に聞こえたのと、たくさん作ったこともあり、声を掛けた。

アスラートが嬉しげに目を細める。

「いいのか。貰えるのなら是非」

「……じゃ、この綺麗なのをあげるわ」

できるだけ見栄えの良さそうなものを選ぶ。アスラートは礼を言い、スコーンを割った。

焼きたてなので、湯気が立つ。

「クロテッドクリームはいる？　ジャムもあるけど」

「必要ない。お前のスコーンは大抵、何かが練り込んであったからな」

「ご明察。今回は紅茶の茶葉を練り込んでいるの」

アスラートがスコーンを口に運ぶ。

咀嚼し、何故か目を見開いた。

「アスラート？」

「……いや、懐かしい味だと思って」

「あ……」

しみじみと告げるアスラートを見つめる。

『懐かしい』

それは、前世でナギニが私の作ったスコーンを食べた時に言った言葉だ。

あの時と同じ台詞を言った彼を見て、また自然と昔を思い出してしまった。

「失礼します」

「ナギニ、仕事は終わったの？」

扉をノックし、ナギニが部屋の中へと入ってきた。笑顔で迎える。

今日は、彼の仕事終わりにお茶をしようと約束していたのだ。

長引いても待つつもりではいたけれど、時計を見れば、予定時間より少し早かった。

「ええ。せっかく姫様にお誘いいただいたのですから。全力で仕事を終わらせました。陛下も驚いておられましたよ」

「まあ、ナギニったら」

嬉しい言葉に、声が弾む。

用意していた茶席に彼を座らせた。

女官を呼び、お茶を淹れさせる。お茶請けのお菓子にナギニが気づいた。

「おや、これは、スコーンですか？」

「ええ、私が作ったの」

「姫様が？」

「お菓子作りは趣味だから。その……できたらナギニにも食べて欲しいと思って」

好きな人に手作りのお菓子を食べてもらいたいと思い、頑張ったのだ。

いつもより時間を掛けて丁寧に作ったから、出来は悪くないはず。

ナギニはスコーンを手に取ると、ふたつに割った。

「姫様の手作りとはまた貴重なものを。有り難く頂きます」

「ナギニは大袈裟ね。……あなたのためならいくらでも作るのに」

ポソッと告げた言葉はナギニにも聞こえていたようだ。彼が嬉しげに笑う。

私も笑い、優しい時間が流れた。

「では、頂きましょうか。……ああ、これは懐かしい味だ」

ナギニがスコーンを食べ、噛みしめるように告げる。

目を細め、何かを思い出すような顔をした彼が気になり、そっと尋ねる。

「えっと……ナギニ？」

「……いえ、昔母が作ってくれたスコーンの味と似ていると思ったのですよ。もう母は亡くなっているのですけどね。あなたのスコーンを食べて、子供の頃のことを思い出しました」

「そう……だったの」

ナギニの母親がすでに亡くなっていることは知っている。

それだけではなく父親も。ふたりとも流行り病で亡くなったのだ。そのため彼は若くして、公爵位を継いでいる。

「……思い出させるようなもの、作らない方が良かったかしら」

悲しかったことを思い出させてしまったのではと思いながら告げると、ナギニは静かに首を横に振った。

「いいえ。嬉しかったですよ。晩年の母は病気で苦しんで亡くなりましたから。元気だった頃の母を思い出せて、本当に嬉しかった」

微笑むナギニは、私に気を遣っているようには見えなかった。

本当に喜んでくれているのだろう。

「そう。じゃあ、また作るわね。私、あなたのためにたくさんスコーンを焼くわ」

「ええ、お願いします」

スコーンを見つめるナギニの瞳は優しかった。

それを見て私は、彼をもっと喜ばせたいと強く思ったのだった――。

「……」

スコーンに関する前世の記憶を思い出してしまった。

チラリとアスラートを見る。スコーンを見つめる彼の瞳が、前世で見たものと全く同じであることに気づき、ドキリとした。

――ナギニ。

ナギニは過去の人で、もう死んでしまった過ぎ去った人物だ。

今の彼はアスラート。ナギニの記憶こそ持つが、別の人生を生きている人。

それは分かっているのに、どうしてだろう。ナギニと同じところにばかり目が行ってしまう。

彼と話せばその違いは明白になって、過去は過去だと割り切れると考えたのに、別人だと納得できると思ったのに、話せば話すほど、彼はナギニなのだと思い知らされる。

——全然似てないのに。

外見も口調も全然違うのに、彼はどうしようもなくナギニで、私の知っている彼がアスラートの中にいるのだと気づかされてしまう。

「どうした、カタリーナ」

「っ！　な、なんでもないの」

不思議そうにこちらを見てくるアスラートに、慌てて言葉を紡ぐ。

「あ、あの、私、スコーンをお姉様にも持っていくわ」

嘘ではない。もともとそのつもりで作っていたのだ。

アスラートも信じたのだろう。意外なほどあっさりと退いた。

「そうか。それならオレは去ろう。スコーン、美味かった。ありがとう、カタリーナ」

「……どういたしまして」

声は震えなかっただろうか。

アスラートが去っていくのを見送ってから、スコーンを持っていく準備をする。

厨房を出て、姉のところへ向かいながら、考える。

ひとつ決意をした。

「お姉様に話をしよう」

もう、それしかない。

気にしないようにしても、日に日にアスラートのことで思考を埋め尽くされていく現状。放置するのはまずかった。

彼と関わらないようにすれば、気持ちがおさまるかとも考えたが、たぶんだけど、アスラートの方がそれを良しとしないだろう。

何せ彼はナギニとしての意識が強いのだ。今後も私に関わってくると確信できたし、それに、何より私自身がこの問題を棚上げしたくないと思ったから。

このまま彼と離れることになったら、きっと私の中のヒルデは、ナギニと離れることを嘆くだろう。昔の思い出をことあるごとに引っ張り出し、辛い気持ちになるに違いない。

その未来は目に見えていたし、変に引き摺るよりは、アスラートがいる内にある程度ケリを付けてしまった方が今後の自分のためになる。

きっぱり諦めるのか、それとも再び彼に恋をしてしまうのか。

後者はないと信じたいが、自分がどう感じるのか分からないので決めつけてしまわない方が良いだろう。

そして自分の気持ちにケリを付けるためにはどうすればいいかといえば、とことん彼と関わればいいのだと思う。

数回話して結論が出ないのなら、回数を重ねればいいという簡単な話。

彼を深く知ることで、自分の気持ちも納得させやすくなるはず。

だけどそうするのなら、姉に筋を通さなければならなかった。

姉とアスラートが互いに興味がないというのは、彼からも話を聞いて知っている。嘘だとも思わない。でも、そういうことではないのだ。

アスラートは姉の見合い相手として来たのだから、きちんと姉に話をする。

私が彼と仲良くなっても嫌な気持ちにならないか、尋ねる。

それが筋を通すということだろう。

「……お姉様」

「あら、カタリーナ。いらっしゃい」

姉の部屋を訪ねると、彼女は嬉しげに招き入れてくれた。

スコーンを持つ私を見て、喜びの声を上げる。

「スコーンを焼いてくれたのね。ちょうど良かったわ。一緒にお茶にしましょう」

「はい」

姉が女官を呼び、お茶を淹れさせる。

姉の部屋は白と薄い黄色で統一されていて、とても可愛らしい。

彼女お気に入りの白いソファに座って、お茶とスコーンを楽しんだ。

「あなたのスコーンはいつも美味しいわね。食感が好みで、何個でも食べられるわ」

「ありがとうございます。それで……あの、お姉様、話があるんですけど」

姉の褒め言葉を嬉しく受け取りつつも話を切り出す。

姉はスコーンをお皿に置くと姿勢を正して私を見た。

「……なんの話かしら」

「……アスラート殿下のことです」

続けろと、姉が目線だけで伝えてくる。私は頷き、口を開いた。

「その、お姉様はアスラート殿下のことをどう思っていらっしゃるのかと思って。あの、たとえばなんですけど、私が彼と仲良くなったり話したりすることを、お姉様はどう思われますか？」

ドキドキしつつも姉の表情を窺う。

姉は目を瞬かせていたが、すぐに言った。

「どうもこうもないわ。元々この話に気乗りしていなかったことはあなたも知っているでしょう？アスラート殿下のことはなんとも思っていない。あなたが彼と仲良くなることをどう思うかについては……そうね、あなたが良ければそれも構わないんじゃないかしら」

「……そう、ですか」

知らず、息を吐き出していた。

たぶん、こう答えてくれるだろうと思った回答がそのまま返ってきたわけだが、それでも緊張していたようだ。

もし、姉に嫌がられたら――。もし、アスラートのことをいいなと思っていると言われたらどうしようと無意識に考えていたことに気づき、自己嫌悪に陥った。

――私、最低だわ。

姉の見合い相手だと分かっていてこんなことを思っているのだから、本当に救いがたい。

幸いにも姉は私の葛藤には気づかなかったようで、ニコニコと笑っている。

「あなたたちは同い年だし、話も合うんじゃないかしら。アスラート殿下はひと月もの間、うちの国に滞在なさるのだもの。あなたがお友達になって差し上げれば、彼も嬉しいと思うわ」

「そう、ですか」

「せっかくだもの。楽しい滞在になるといいわよね。本来なら見合い相手である私がお相手した方が良いのだろうけど、彼もあなたが気になるみたいだから」

「そ、そんなことはないと思いますけど！」

慌てて否定した。

姉がクスクスと声を上げて笑う。

「別に否定しなくてもいいのに。そういうわけだから、気にしなくて大丈夫よ。でも、ちゃんと了承を取りに来てくれるなんて、律儀ね」

「……黙っているのは誠実ではないと思いますから」

『たぶん大丈夫だろう』で行動したくなかったのだ。

徹底的に関わると決めたのなら余計に。

そう言うと、姉は微笑みながら頷いた。

「あなたのそういうところ、大好きよ。……カタリーナ。私は誰よりもあなたに幸せになって欲しいと思っているの」

「？　それは私も同じですけど。特にお姉様は男運が悪いので、素敵な男性が現れてくれればいいなと常々思っています」

これまで姉が泣かされてきた男たちを思い浮かべ、溜息を吐く。

自覚はあるのか、姉は気まずげに私から目を逸らした。

「……男運が悪いのは私のせいではないわ」

「お姉様の趣味が悪いだけですよね。知っています」

姉はいわゆる『クズ男』に惹かれやすい人なのだ。

どう見たって駄目だろうという男に、吃驚するほど簡単に惚れる。

しかも一度惚れてしまうと、何を言っても無駄。傷つけられて、泣いて別れて、はじめて『酷い男だった』ことに気づくのだ。

今まで何度も姉を慰めてきたのでよーく分かっている。

「そろそろまともな男性を見つけて幸せになって欲しいんですけど」

過去を思い出して眉を寄せる私に、姉は「し、仕方ないじゃない。だって素敵に見えるんだもの」と言い訳していたが、説得力は皆無だったし、また同じことを繰り返すのではないかという気持ちにしかならなかった。

◇◇◇

「……どこにいるのよ」

キョロキョロと辺りを見回す。

城内を歩き回ったが、アスラートの姿は見えない。

中庭も探してみたが、見つからなかった。

無事、姉の許可も得たこともあり、覚悟を決めて徹底的に関わってやろうと思ったのに、その途端、雲隠れしたように見つからなくなるのだから嫌になる。

「……部屋にいるのかしらね」

王城の廊下を歩きながら呟く。

こんなに探したのに見つからないということは、自室に籠もっているのかもしれないと考えたのだ。

こうなったらアスラートに与えられている部屋に直接突撃するべきか。真面目に検討していると、廊下の奥側から探し人が歩いてくるのが見えた。その後ろには彼が連れてきた従者たちもいる。

「アスラート」

ようやく見つけたと名前を呼ぶ。見つけられたのがよほど嬉しかったからだろうか、勝手に声が弾んでしまった。

アスラートは、まさか私から話し掛けてくるとは思わなかったのだろう。目を丸くして、こちらに向かって歩いてきた。

「どうした？　オレに何か用か？」

「え、別に用があるわけじゃないんだけど……」

関わってやるぞと決めたから探していただけで、特に用事があるわけではない。

だが考えてみれば、何もないのに話し掛けるのも変な感じだ。

何か用事はなかったかと考えていると、アスラートが言った。

「もし暇なら、オレに付き合ってくれないか。せっかくモルゲンレータに来たんだ。街の様子を見ておきたいと思って。案内してくれると嬉しい」

「え、ええ。構わないわよ」

話す口実が何もなかったので、むしろ有り難い。

ホッと胸を撫で下ろしながら、アスラートに言った。

「どこを見たいの？」

「どこでも構わないが、やはり中心街だな。……百年前とどう変わったのか、この目で見たい」

「……そう」

彼の言葉が引き金になり、昔を思い出した。

百年前も王都は賑(にぎ)やかだったのだ。ただ、国内が荒れていて治安が悪かったこともあり、どんな感じだったのか、実際のところはあまり詳しく知らないのだけれど。

たまに外出する時は、湖とか丘とか、自然豊かな場所が多かった。

街中(まちなか)なんて危なくて行かせられないというのが、ナギニの言い分で、私は素直に従っていた。

そんなことを思い出しながら口を開く。

「……昔に比べれば、治安は格段に良くなったわよ」

「そうだろうな。モルゲンレータが平和な国だというのは、皆が知っている事実だ」

「私たちが亡くなったあと、良くなったみたいよね。平和の切っ掛けになれたのなら、死んだことにも意味があったと思うけど」

さらりと告げると、アスラートがギョッとした顔で私を見てきた。

「何よ」

「いや……前世についてあまり触れて欲しくなさそうだったお前が、急にその話をするから、何があったのかと」

「逃げても仕方ないと気づいたから、とりあえず前世については受け入れることにしたの」

徹底的に関わると決めたのだ。

それなら前世のことだって、しっかり話した方がいい。

中途半端は格好悪い。私は自分で決めたことはきちんと実践していくタイプなのだ。

アスラートは私を胡散臭そうな目で見てきたが、堂々と見つめ返してやった。

開き直ると女は強いということを、彼は思い知るといい。

「だから別に昔の話をしてくれてもいいわよ。覚えていないことまでは付き合えないけど、記憶があることは話すから」

「凄まじいまでの心境の変化だな。まあ、オレとしてはその方が有り難いが」

「でしょ。あなたに都合が良い話なんだから、受け入れておけばいいのよ。で、王都に出掛けたいって話だけど」

「ああ」

アスラートが頷いたことを確認し、口を開く。

「今、ちょうど王都の中央広場でチョコレートフェスをやっているのよね。特に希望の場所がないのなら、ちょっとだけでいいから寄らせてくれない？　お菓子を作る参考にもなるし、買いたいチョコレートもたくさんあって」

期待のあまり、無意識に言葉に力が入ってしまう。

でも、しょうがないではないか。

一年に一回、王都の中央広場で行われるチョコレートフェスは、外国にも知れ渡っているほど有名なモルゲンレータの催しなのだ。

国内のみならず、外国からも菓子職人が集まってくる一大イベントで、五年前から開催されている。

そのイベントにいつか直接足を運んでみたいと前々から思っていたのだ。

アスラートを案内するのならちょうどいい。寄らせてもらっても罰は当たらないのではないだろうか。

「チョコレートフェス？　まあ構わないが」

「本当⁉　ありがとう！」

あっさり了承の言葉が返ってきて、手を打って喜んだ。

キャッキャとはしゃいでいると、アスラートが呆れ声で言う。

「実にお前が好きそうな催しだな。だが、モルゲンレータのチョコレートフェスは有名だし、オレも視察してみたいと思っていたからちょうどいい」

「今年は特にすごいわよ！　去年よりたくさん、外国から有名な菓子職人が集まるんだから！」

声に力も入ろうというものだ。

すっかり浮かれ気分でいると、アスラートが言った。

「そうか。それなら出掛けようか。前世以来のデートだ。オレも楽しみだな」

「デ、デートなんかじゃ……」

ただ一緒に出掛けるだけだ。

そう否定しようとしたが、アスラートがあまりにも嬉しそうな顔をしていることに気づき、なんとなく続きを言えなくなった私は、口を噤んだ。

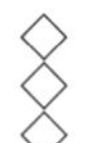

外出用の服に着替え、アスラートと王城を出る。
さすがに護衛を付けなくてはと思ったが、アスラートの部下が一緒に来るということで、話はついた……というか次のような会話があったのだ。
「ミツバは、うちの国一番の騎士だ。こいつがいる限り、お前の安全は保障する。それに、ミツバたちには前世の話もしてある。会話内容を気にする必要がないのは楽だと思うが」

「えっ⁉」

ギュインと振り返り、ふたりの従者を見た。

眼鏡を掛けた長髪の男――ヨッバの方が、にこやかに手を振っている。彼は「そういうことですから、ご心配なく」と笑っていて、本当に彼らが私たちの事情を知っているのだと納得せざるを得なかった。

「……よく言えたわね。頭がおかしいと思われなかった？」

「うちの部下は優秀だからな。状況証拠ですんなり納得した」

「状況証拠って、何を見せたのよ」

「お前との会話」

「ああ……」

返ってきた答えにとっても納得した。

確かにアスラートと前世の話をする際、いつも側には彼らがいたような気がする。

今までアスラートに対応するだけでいっぱいいっぱいで、あまり気にしていなかったが、私たちの会話が状況証拠となったというのは理解できた。

――ほぼ初対面の男女が、いきなり前世の話で盛り上がり出したら、そりゃあ色々と考えるわよね。

賢い人なら、もしかして、くらいは思いそうだ。

私ならそれより『頭のおかしい人だ！』となって逃げると思うけど、彼らはそうではなかったということなのだろう。

「分かったわ。そういうことなら彼らに護衛をお願いする。お兄様にも護衛は要りませんって言っておくから」

他国の王子と出掛けるのだ。

当然、国王である兄には話を通しておく必要がある。

モルゲンレータの護衛を使わないことに、もしかしたら兄は良い顔をしないかもと心配していたが、兄からはあっさり許可が下りた。

「うちの兵士は制服からして目立つからな。こっそり視察したいのなら、アスラート王子の部下たちにお願いした方がいいかもしれない」と言われたのだ。

確かにうちの国の兵士は、黒と白の派手な制服で、歩いているだけで注目を集めるから兄の言うことは分かる。

そういうわけで、無事に外出許可を貰った私は、アスラートと護衛の双子を連れて王城を出てきたのだけれど、チョコレートフェスが楽しみすぎて、内心とてもテンションが上がっていた。

用意された馬車で中央広場に向かったのだが、降りた矢先にチョコレートの香りが漂ってきて、気持ちが昂ぶる。

「すごい……店はまだ見えないのに、ここまでチョコレートの匂いがしているわ！」

中央広場は人が多すぎて、少し離れた場所で馬車を降りるしかなかったのだ。

それでも香ってくる濃厚なチョコレートの香りに心が奮い立つ。

私はアスラートに目を向けると、力強く告げた。

「行きましょう！　売っているチョコレートを全部制覇するわよ！」

「……チョコレートフェスはメインではなかったはずだが……まあ、いいか」

すでにアスラートの顔には諦めの色が滲み出ている。私のテンションの高さを見て、ちょっと見て回るだけでは済まないと察したようだ。

「大丈夫、大丈夫。さらっと見て回るだけだから！」

「制覇すると言った同じ口で言われても信憑性（しんぴょうせい）がないな」

「細かいことは気にしないの！」

アスラートの腕を掴み、チョコレートフェスの会場となる中央広場へ向かう。

中央広場にはたくさんの露店が出ていたが、それよりも人の数が多い。

すれ違うのも厳しいくらいの人の多さだ。

「……これは大変だぞ」

護衛のミツバがボソッと呟く。ヨツバも難しい顔をしていたが、私は気にせず会場の中へと入った。アスラートも諦めた様子でついてくる。

人気店には行列ができており、チョコレート一粒買うのも大変そうだが、普通に買える店も多くある。

私は行列のない店を選び、ケースに並べられたチョコレートを見た。

「わ、可愛い～」

その店は熊やウサギといった、動物をモチーフにしたチョコレートを売っていた。

ペンギンや猿、ライオンなどもいる。

「これ、ふたつずつ下さい」

店員に声を掛け、熊とウサギを包んでもらう。ちなみに、私が第二王女であることは気づかれていない。

普通、王女がこんなところに紛れ込んでいるはずがないからだ。

モルゲンレータの護衛も連れていないのだから、よほど私の顔を覚えている人でない限り、バレることはないだろう。

「はい、これ」

「え？　んぐっ」

店員から受け取った包みを開け、熊のチョコレートをアスラートの口の中に放り込んだ。

予想していなかったのか、彼は目を丸くしている。

私もウサギのチョコレートを食べた。

「あ、美味しい」

上品な甘さが口の中に広がる。それに満足し、次の店へと向かう。アスラートが慌ててついてきた。

「お、おい。何故オレまで」

「そりゃ、色んな味を試したいからでしょ。ひとりでは食べきれないもの。アスラート、今のチョ

コレートはどうだった？」

「……ヘーゼルナッツが入っていて、美味かったと思う」

「そう。私のはオレンジピールが入っていたわ。こういう感じで、色々味見をしていきましょう」

アスラートの返事を待たず、次の店へ向かう。次の店は生チョコレートを売っていた。

「生チョコレート！　大好き！　これ、下さい」

一番小さい箱を買い、即座に開ける。

再び、アスラートの口の中に放り込んだ。

「おい！」

「どう？　美味しい？」

「いや……美味いが……」

「ふうん？　どんな感じで？」

「舌にのった瞬間蕩(とろ)ける感じ……か？」

「まろやかな食感が心地好いのね。あ、この生チョコレートって紅茶味なんだって。紅茶の味、する？」

「……そうだな。後味は確かに紅茶風味だ」

「へえ……あ、本当だわ」

私も食べ、確かめる。

こんな感じで、次から次へと店を回った。

アスラートは途中まで文句を言っていたが、やがて完全に諦めたのか、チョコレートを差し出せば、素直に口を開くようになった。良いことだ。

「は〜！　回った、回った！」

二十店舗くらい回り、ようやく満足した私はチョコレートフェスの会場から脱出した。

手には、ホットチョコレートが入った紙コップを持っている。

最後に思わず買ってしまったのだが、マシュマロが浮いていて相当甘く、まだ半分以上残っていた。

「貸せ」

「え」

「飲めないんだろう。飲んでやると言っている」

「あ、ありがとう……」

私の手から紙コップを奪い取り、アスラートがホットチョコレートをあっという間に飲み干す。

そういえば、今、思い出したけど、ナギニは甘いものがそれほど得意ではなかった……というか、苦手な部類だったはず。

苦手なのに山ほどチョコレートを食べさせてしまったことに今更ながらに気づき、申し訳ない気持ちになった。

「ご、ごめんなさい。甘いもの、好きではなかったわよね？　無理強いして悪かったわ」

「いや？　確かに昔なら遠慮したかったが、今は違うぞ。わりと……いや、かなり得意な方だ」

「そうなの⁉」

それは意外だ。

驚いていると、アスラートが紙コップを近くのゴミ箱に捨てながら言った。

「お前こそ、今世は以前ほど、甘いものが得意ではないだろう。最後の方など、殆どオレに食べさせていたじゃないか」

「あー……やっぱりバレてたわよね。そうなの、実は今、そこまで得意な方ではなくて」

チョコレートは好きだが、一度にたくさんは食べられないのだ。

昔は甘いものなら際限なく食べられたというのに、好みがかなり大きく変わってしまった。

「だから、ホットチョコレートも引き受けてくれたの？」

私が四苦八苦していることを悟って。

そう聞くと、彼は笑って頷いた。

「ああ。顔に書いてあったからな。『しまった。飲みきれない』と」

「うう……その通りよ。つい、前世のノリで買ってしまったの」

以前の私なら余裕で飲み干せたのだ。

しかし、お互い前世とは好みが変わっているというのも不思議な話だ。

ナギニが甘党になるなんて、昔の彼を知っているだけに信じられないと思っていると、アスラートが言った。

「あの甘党だったお前が、ホットチョコレートを見て顔を歪めるなんて思わなかったから新鮮だったぞ」

「……それはお互い様でしょ。あなただって、チョコレートなんてとんでもない、苦い珈琲があればいいって感じだったじゃない」

やはり以前とは違うのだ。

アスラートも同じように思ったのか、しみじみと告げた。

「そもそもお前が活動的なことに驚いたしな。以前のお前は、庭を歩くか、馬車で出掛けて、その先でお茶……くらいが関の山だっただろう。それが人でごった返したチョコレートフェスに躊躇わず突っ込んでいくようになったのだから驚いた。オレでも怯んだというのに」

どこか感心したような目で見られ、気まずくなった私は言い訳するように言った。

「む、昔とは違うのよ。あなただって、そうでしょ？　もっと大人な感じだったじゃない」

「それはそうだ。だが、オレは今のお前も悪くないと思ったぞ。好きなものに突撃するお前は、とても良い顔をしていた。思わず見蕩れるくらいには魅力的だったな」

「みりょ……!?　な、何言ってるのよ！」

さらりと告げられた言葉にギョッとした。アスラートが平然と言う。

「そういうお前も好ましいということだ。ああ、そうだ。今日はもう時間がないが、良かったら明日にでも遠出しないか。せっかくモルゲンレータに来たんだ。昔好きだった場所を巡りたい」

「昔好きだった場所……それ、私も一緒でいいの？」

思い出の場所なんて、ひとりでゆっくりと見て回りたいものなのではと思ったのだが、アスラートは笑って言った。

「だからこそお前と行きたいんだ。できれば思い出話に付き合ってくれると嬉しい。……もう、あの頃を覚えているのはオレたちしかいないのだから」

「そういうことなら構わないけど、明日は急すぎるから、一週間後でも構わない？」

今日出掛けて、また明日では、さすがに予定を空けられない。

私も第二王女。王族としての仕事もあるのだ。

それは私と同じ王族であるアスラートも理解しているのだろう。特に文句もなく頷いた。

「分かった。一週間後で構わない」

「ありがとう。じゃ、一週間後で」

一週間あれば、予定も調整できると思っていると、アスラートが嬉しげに笑った。

「今日も楽しかったが、来週も楽しみだ。――お前とこうして何気ない時を共に過ごせることを嬉しいと思う」

「……」

心から告げられたと分かる言葉に、目を見開く。

何気ない時。それは私たちが過去に奪われたもので、きっとずっと続くとなんの確証もなく信じていたことだったから。

「そう、ね……」

深く頷く。

今なら素直に言えそうだった。

「私も、あなたと出掛けられて楽しかったわ」

「ああああああ……」

自分の口から変な声が出る。

あれから馬車に乗って帰ってきた私たちは、城門を潜った先で解散した。

そうして部屋に戻ってきたわけだが……何故か今、グルグルと部屋の中を回りながら、頭を抱えて叫んでいる。

「楽しかったって、何？　楽しかったって……！　いや、楽しかったんだけど！」

アスラートとのお出かけは楽しかった。

中途半端なことはしない。こうなれば、未来の自分のためにも彼と徹底的に関わってやるのだと腹を括って出掛けたお出かけ。

それを私は全力で楽しんでしまった。

人混みの中、目当てのチョコレート店へ突撃し、チョコレートを買い漁り、アスラートに食べさせた。

彼は文句を言いつつも私が満足するまで笑って付き合ってくれて、ものすごく楽しかったのだ。

「いやいやいや、駄目でしょう。というか、アスラートに街を案内するはずなのに、結果的に私だけが楽しんでない⁉」

当初の予定では、さらりとチョコレートフェスを回ったあと、今、街はこんな風になっていますよと馬車で案内するはずだったのだ。

アスラートが気になるものがあれば、下車しても構わない。そんな風に考えていた。

それが蓋を開けてみればどうだ。

完全に私ひとりが楽しんだお出かけとなっている。

案内人としては間違いなく失格であった。

「え、いや、だって、アスラートも止めなかったし……途中で私もこれくらいにしとこうかなって思ったのよ？　でもアスラートが『他は見なくてもいいのか？』なんて言ってくれるから……」

それで「じゃあ」と乗ってしまった私が馬鹿なのだけれど、それくらい彼の提案は自然だったのだ。

そういうところはナギニであった頃と変わっていない。

彼もとてもエスコートが上手く、私のしたいことを自然にさせてくれる人だったから。

でも、甘いもの好きになっていたことは吃驚だったし、そこは全然ナギニとは違うと思った。

「当たり前だけど同じところと違うところがあるのよね……」

問題は、そのどちらをも悪くないと思ってしまう自分だ。

このままでは、昔も今もどちらの彼もいいな、なんていう結論を出しかねなくて恐ろしい。

アスラートに惹かれている自覚はあるのだ。

だって、彼の私を見る目が優しいから！

「あ、あんな顔で見られたら、意識しないでいられるはずないじゃない！」

今日のお出かけだって、ずっと彼は優しい顔をしていた。

その表情を見ただけで分かる。

彼が私を好きだと思っていることが。

「そもそも私はナギニが好きだったから……その上であんな顔をされると……弱いっ……」

前世のことといくら割り切っても、今、その顔をされると駄目なのだ。

気持ちはグラグラ揺れるし、惹きつけられるし、今の、ちょっと強引な感じのアスラートもいいな、なんて思ってしまう。

「いやいやいや……」

本格的に関わろうと決めた次の瞬間に落とされそうになっているとかあり得ない。

「違う、違う、違う……」

私はそんなにお手軽な女ではないはずだ。

だが、彼と一緒に回ったチョコレートフェスが楽しかったのは紛れもない事実で、来週のお出かけをすでに楽しみにしていることも本当だったから、私はチョロすぎる自分に絶望するしかなかった。

それから一週間後。

約束の遠出の日が来た。

私は乗馬服に身を包み、待ち合わせの場所へ行ったのだけれど、アスラートはそんな私を見て、目を見開いた。

「乗馬服？　お前、馬に乗れるのか？」

「？　ええ、得意な方だと思うけど。遠出に行くのよね？　てっきり馬に乗っていくと思い込んでいたのだけれど、違ったかしら」

「いや……お前がそれでいいのなら、構わないが」

驚いた顔をしつつも、アスラートは頷いた。

どうやら彼は、馬車で出掛けるつもりだったようだ。

確かにヒルデ時代、遠出といえば馬車を使うのが当たり前だったので、彼がそう考えたのは仕方ないことかもしれない。

だが、今世の私はわりとアクティブな趣味を持っており、遠出と言えば、自分で馬に乗るという感覚が強かったのだ。

遠出＝乗馬と信じ込んでいた私は、すでに厩舎（きゅうしゃ）にも話を通していた。

「厩舎に行きましょう。馬を用意してくれているはずだから。えっと、今更だけどアスラートも乗馬はできるのよね？」

王子相手に失礼かもしれないと思いつつ、尋ねてみる。

人には得手不得手があると知っていたからだ。彼が苦手なら馬車に変えてもいいと思っていたが、アスラートは首を縦に振った。

「ああ、乗馬は昔から得意だ」

「そう、良かったわ」

「実は、宰相時代は苦手だった。もし昔のお前が得意だったなら、必死に練習したと思う」

「そうなの⁉」

それは知らなかった。

驚きつつも、厩舎に向かう。そこにはすでに馬が四頭用意されていた。

「護衛の方も来るんでしょう？」

私は馬に乗る時は、思いきり駆けたいこともあり、護衛を連れていかない日もわりとあるのだけれど、今日は他国の王族と一緒なのだ。そういうわけにはいかないだろう。

だが、アスラートは否定した。

「いや、今日はあいつらには遠慮してもらった」

「え……」

「せっかく思い出の場所を巡るんだ。邪魔は入って欲しくない」

「邪魔って……あなたの護衛でしょう？」

「今日だけと言って、目を瞑ってもらった。お前も知らなかったことにしてくれ」

「……何かあっても責任は持てないわよ？」

万が一の時はどうするのだという目で彼を見る。アスラートは笑って言った。

「あいつらにはちゃんと『オレの我が儘で護衛を連れていかなかった。何かあったとしても全責任はオレにある。モルゲンレータを責めるな』と言ってある。心配無用だ」

「そこまで言ってるのならいいけど。私もその方が気楽だし。じゃ、出掛けましょうか」

アスラートがそれでいいのならと了承する。

彼は近くにいた茶色の馬の手綱を持った。私も自分の愛馬である白い馬のところへ行く。

馬に乗り、城門を出た。

後ろにいるアスラートを振り返る。

「それで？　どこへ行きたいの？　思い出の場所って言っていたけど」

「道は覚えているから、ついてきてくれるか？」

「いいわ」

アスラートが馬を駆る。

得意だと言っただけのことはあり、彼の馬術は素晴らしかった。

特に王都を出たあとの手綱さばきは圧巻の一言。

アスラートは時折私を振り返り、ついてきているか確認していたが、こちらだって負けられない。

私が遅れることなくついてくることに気づくと、彼は本気で驚いたようだった。

「すごいな。まさかここまで乗れるとは思わなかった」

「それは私の台詞よ。得意だというのは本当だったのね」

「ああ。だが、あの大人しかったお前が乗馬を嗜むようになるとは分からないものだな」

しみじみ言われ、言い返した。

「当たり前よ。以前の私とは違うわ」

見た目も性格も好みも。

記憶こそあるが、前世とは全く違うのだ。

胸を張ってそう言うと、アスラートは「そうか?」と不思議そうな顔をした。

「確かにパッと見では分からないかもしれないが、大元は変わっていないと思うぞ。以前と同じ、オレが好きになった優しいお前のままだ」

「えっ……」

気負うことなく告げられた言葉にドキッとする。

何も言い返せず、無言になったが、アスラートは特に返答を期待していなかったようだ。

前を向き、何事もなかったかのように馬を駆っている。

その後ろ姿を見つめる。

以前とは違うとアピールしたかったはずなのに、そうでもないと返されてしまった。

昔と変わっていないと、そう言われたのだ。

その言葉になんと返すのが正解なのだろう。

嬉しいも嫌だも、どちらも違う気がして、私は黙って手綱を強く握りしめるしかなかった。

アスラートが馬の足を止めたのは、シャリデの丘のてっぺんだった。

シャリデの丘は美しい草原と高い位置からの景色が楽しめる風光明媚（めいび）な場所として知られているが、王都からは少し距離があるので、あまり人が来ることはない。

それは百年前も今も変わらないようだった。私たちの他に人の姿はない。

「アスラートが来たかったのって、シャリデの丘だったの？」

馬を立木に繋ぎ、景色を眺めているアスラートに話し掛ける。

彼は振り返ると「ああ」と頷いた。

「記憶を思い出してからずっと、一度はここに来たいと思っていた」

「……昔、よくここに来たわよね」

ナギニと出掛けたことを思い出し、告げる。

そういえば、彼との最後のデートの目的地もこの場所だった。

その途中で事故に遭い、辿（たど）り着くことはなかったけど。

あの日、辿り着けなかった場所に、今、一緒に立っていることが不思議だった。

アスラートが目を伏せ、小さく言う。

「そうだな。だが、あの日は、ここへ来られなかった」

「それは……」

仕方のないことだ。

だって私たちは死んでしまったのだから。

アスラートが無言で歩いていく。私もなんとなくついていった。

シャリデの丘はなだらかな丘陵ではあるが、それなりに高度があるのでわりと遠くの方まで見渡すことができる。

アスラートが足を止め、とある一点を指さす。そうして言った。

「あの辺りだ」

「何が？」

彼の隣へ行く。何を見ているのか知りたかったのだ。

アスラートはゆっくりと私の方を見ると、静かに告げた。

「オレたちが死んだ場所。この丘に来る途中にある崖。通常なら通るルートではない道だな」

「っ……！」

息が止まるかと思った。

アスラートは淡々と語る。

「あの日、オレたちは気づいていなかったが、馬車は本来通る予定だった道には行かなかった。裏から手を回され、馬車が壊れるように細工もされていた。……オレも知ったのは、記憶を取り戻してからだが」

「……調べたの？」

「さすがにな。だが、お前もそうだろう？」

「……そうね。歴史書を確認したわ」

否定しても意味はないので、正直に告げる。

自分が死んだ時のことがどう書かれているのか、死の真相はどうだったのか、気にならない方がおかしいと思う。

「犯人は予想していた通りの者たちだったが、よくもまあ自国の王女まで巻き込んで殺そうとしたものだ。反吐が出る」

「……」

吐き捨てるように言うアスラートを見つめる。

「あの時オレは、オレに対する暗殺計画があることを知っていた。最大限に注意もしていたのだがあの体たらくだ。カタリーナ、結果的にお前まで巻き込むこととなった。本当にすまなかった」

アスラートが身体の向きを変え、こちらに向かって頭を下げる。

私は急いで首を横に振った。

「あ、謝らないでよ。アスラートのせいじゃないでしょ。それより、何も気づいていなかった自分が恨めしいわ。暗殺計画があることなんて、全く知らなかったの……」

知っていれば、出掛けることも考え直したはずだ。

何も知らなかったからこそ、暢気にデートだと喜んでしまった。

「自分が情けないわ」

「……オレが言わなかったからだ。それこそお前のせいじゃない」

「婚約者の命が狙われていたのにのうのうとしていた自分が許せないのよ。あなたは関係ないわ」

静かに告げる。

今更ではあるが、実は前世で死ぬ数日前、ナギニがどこか思い詰めた顔をしていることには気づいていたのだ。

それを私はただ『宰相として何か悩んでいる』くらいにしか受け取らなかった。今思えば、あれは命を狙われていることへの緊張感だったのだろう。

ずっと側にいたのに、愛していたのは本当なのに、大事な人の危機に全く気づけなかったなんて、婚約者失格である。

アスラートが悔しげに告げる。

「事前に計画に気づけていれば、せめてお前だけでも逃がせたのに」

「……あとで、宰相閣下はお亡くなりになりましたと聞かされる方が辛いから、きっとそれで良かったのよ」

あんな死に方をするとは思わなかったが、ナギニと一緒だったのだ。ひとり取り残されるよりはよほどいい。

「ひとり生きるか、一緒に死ぬか。選べるのならきっと私は一緒に死ぬことを選んだと思うから、十分すぎるほど幸運だったと思うわ」

自分も連れていって欲しかったと嘆かなくて済んだのだ。

とてもではないが彼が亡くなったと聞かされた自分が正気を保てるとは思えなかったので、一緒に死ねたのは幸いだったと言える。

「後追いするくらいなら、一緒の方が良いし。だから気にしないで……って⁉」

「ヒルデ」

腰を引き寄せられ、抱きしめられた。その身体が震えていることに気づく。

「――本当にお前はそれで良かったのか。オレと一緒で」

「……もちろん。あなたを愛していたもの」

「……オレは最低な男だ。お前を死なせたくなかったのは本当だったはずなのに、あの時、お前と共に逝けることを喜んでしまった。お前が――他の男のものにならずに済んだと本気で喜んでしまった」

「私があなた以外からの求婚を受けるはずないじゃない」

まるで懺悔するように語るアスラートの背中を抱きしめる。

彼が死の際まで私を想っていてくれたことが嬉しかった。

「ああ、そうだな」

「だからもう気にしないで。私は――ヒルデは十分すぎるほど、幸せだったのだから」

風がそよぐ。草の匂いがする。

初夏の日差しは少し眩しかったが、まだまだ痛いというほどではない。

アスラートがそっと私の身体を離し、見つめてくる。

その目は怖いほど真剣だった。

「カタリーナ。オレはあの頃と変わらず、いや、今の方がずっとお前を愛している。だからどうか、オレの国へついてきてはくれないか？」

「……」

「まだ情勢は落ち着かないが……いや、必ず幸せにする。後悔はさせない」

静かに告げられた言葉には熱が籠もっていた。

アスラートを見つめ返す。彼は私の答えを待っていた。

「私――」

口を開く。

彼の言葉に心を揺り動かされた自覚はあった。

今度こそ幸せに。それは私も願うことだ。

若くして死んだ前世。それを覚えているからこそ、今世は幸せに、平和に生きていきたい。

そして共にいる相手は自分が愛した人が良いと、そう思うのだ。

でも、それがアスラートで本当に良いのだろうか。

確かに私はアスラートに惹かれている。

彼と一緒にいるのは楽しいし、その手を取ればきっと幸せになれるのだろうと思うけど――。

「少し考えさせて」

私の口から出たのはそんな言葉。

それに対しアスラートは「ああ、分かった。お前の答えを待っている」と頷いてくれた。

間章　前世の彼女も今の彼女も（アスラート視点）

「殿下、お帰りなさい。ふたりきりのデートはどうでしたか？」

「わざわざ私たちを置いて出掛けたんです。当然、成功させたのでしょうね？」

自室として与えられている部屋に戻ると、待ちくたびれた様子の部下が出迎えてくれた。

カタリーナとふたりきりでシャリデの丘へ行き、過去の話をし、そして求婚した。

拒絶はされなかったので受けてもらえる可能性はあると思う。

彼女は認めないだろうが、オレを見る瞳には、こちらと同種の熱が見え隠れしていたからだ。

外出着から室内用の格好に着替えを済ませ、ソファに腰掛ける。

ヨツバがお茶を淹れてくれた。

今回、ふたりしか供を連れてきていないこともあり、ヨツバには侍従の真似事もさせている。

ミツバとは違い、器用なヨツバは大概のことはこなせるのだ。

紅茶を飲み、息を吐く。オレが話すのをふたりが待っていることに気づき、簡潔に告げた。

「……カタリーナに求婚した」

「そうですか……は？　求婚⁉」

「えっ、殿下。プロポーズしてきたんですか？」

ヨツバとミツバが目を丸くする。

「元々その予定で誘ったからな。返事は保留されたが、脈がないわけではなさそうだ」

「脈がないわけではって……殿下、まだカタリーナ王女とは恋人にもなっていませんよね？」

「ああ」

「さすがにすっ飛ばして求婚するのは早すぎません？」

「わ、私もそう思います。まずは告白くらいで良かったのでは？」

ミツバのツッコミにヨツバも同意したが、オレはそうは思わなかった。

「どちらにせよ、帰国時にはカタリーナを連れ帰る予定なんだ。少し早いか遅いかの違いだろう。そして遅いよりは早い方がいい」

「え、ええ。そ、それはそうかもしれませんが……！」

ヨツバがチャカチャカと眼鏡を動かしている。どうやら動揺しているようだ。

彼らを放置し、ひとり物思いに耽(ふけ)る。

ヒルデの生まれ変わりであるカタリーナ。

正直、最初は『ヒルデ』としてしか見ていなかったし、今の『カタリーナ』なんてどうでも良かった。

オレの目的は『ヒルデ』と幸せになることで、とにかくその目的を達したかったからだ。

前世から想い続けた婚約者。死ぬ間際、再会を約束した愛しい人。

その人が生まれ変わっているのなら、もう一度なんとしてもやり直したいと思うのが当たり前ではないか。

特にオレの気持ちは今もなお、彼女のもとにあるのだ。この恋を成就させたいと思って何が悪い。

だが、ここのところ、彼女と密に関わるようになって、潮目が変わった。

自分でも意外だったのだが、どんどん『カタリーナ』にも惹かれるようになったのだ。

あの身体の弱かった彼女が乗馬を嗜むようになるとは思いもしなかったし、前回のチョコレートフェスで好き勝手にオレを連れ回し、はしゃいでいた姿は忘れられない。

浮かべる笑みは元気で愛らしく、静かに微笑むことの多かったヒルデとは全く違うが、自然とそんな彼女もいいと思うようになっていた。

以前とは違い、真っ向から言い返してくる強気な性格も悪くない。

そして、そう思っている自分に気づき、驚いた。

何故なら、オレには『ヒルデ』に執着している自覚があったから。それなのに、気づけば必要ないはずのカタリーナにも惹かれているのだ。

ここまでくれば、認めるしかない。

オレは『彼女』という存在自体に惹かれているのだ。

ヒルデとは全く違うカタリーナ。

それなのに何故か愛おしく、離しがたい。

それでいて、時折前世の彼女がひょっこりと顔を出すのだから、今やオレはすっかりカタリーナに夢中になっていた。

愛おしい、好きだ。愛している。

ヒルデもカタリーナもどちらも彼女だ。

もう、今のオレにはどちらか片一方なんて考えられなかった。

だから、時期尚早と分かってはいたが、プロポーズしたのだ。

ヒルデであり、カタリーナである彼女に。

オレの国に着いてきて欲しいと。

悩んではいるみたいだが、彼女はきっと応えてくれる。

先ほど別れた時に見た表情を思い出せば、それは確信できた。

「……よほど勝算がおありみたいですが、そうは上手くいかないと思いますよ？」

彼女のことを思い出し、クスクスと笑っていると、ヨッバが溜息を吐きながら言った。

その声音に不穏なものを感じ、ヨッバを見る。彼は頷き、口を開いた。

「殿下が留守の間に連絡が入りました。ティグリル王家に仇(あだ)なす者たちが、怪しい動きを始めたと。おそらくモルゲンレータまで刺客が派遣されているでしょう。ええ、急ぎ、帰国するようにとのことです」

「なんだと……？」

眉を顰(ひそ)める。

今回、オレがモルゲンレータにひと月もの間、滞在することになったのは、国内が乱れ、それこそ命が危ないかもしれないという話が出たからだ。

モルゲンレータとは違い、ティグリルは今も内乱状態が続いている。

戦争嫌いで穏健派の父を気に入らない過激派たちが、父やオレを亡き者にして、新たな国王の擁立を狙っているのだ。

だから、オレはここに来た。父と別の場所にいることで、一網打尽にされることを防いだのだ。

父としてはついでに見合いが成立すればという思惑もあったのだろうが、オレが気乗りしないにもかかわらずモルゲンレータまで来たのは、これらの理由が主だった。

「……別々の場所にいた方が狙われにくいという話だっただろう。それを呼び戻すとはどういうことだ」

「ええ、それは私も思いましたが、ひとところにまとまってもらった方が守りやすいと」

「はっ、今更だな」

ヨツバの言葉を一蹴する。

「ここで戻った方が狙われる。オレは帰らないぞ。そもそもカタリーナを得てもいないうちに帰れるか」

「しかし」

「くどい」

これ以上の話し合いは無意味だと一刀両断する。

話を聞いているだけだったミツバが溜息を吐いた。

「……ほらあ。絶対にこうなると思ったんだよね。はああ、以前までの殿下なら、なんやかんや言っても最後には言う通りにしてくれたのに、今の殿下は頑固すぎて、僕たちの手には負えないよ」

ヨツバの方は肩を竦めていた。

「ええ、仕方ありません。分かっていてもお伝えするのが私たちの役目ですから。殿下、我々は殿下の決めたことに従います。――本当に、帰国を早めるおつもりはないのですね？」

「当然だ」

「承知いたしました」

ヨツバが深々と頭を下げる。ミツバが「えー」と口を尖らせた。

「ヨツバ、それでいいの？」

「ええ、殿下がお決めになられたことですから。それに王族はこれくらい我が強い方が良いですよ。ええ、ええ、臣下の意見に右往左往される方が困ります」

「そりゃそうだけどさあ」

「それに今の殿下なら、何があってもご自分でどうにかしてしまいそうですし」

ふふ、と意味ありげに笑われ、頷いた。

我が儘を聞いたのだからそれくらいしてみせろと言われているのはさすがに分かる。

「――分かった。その件に関しては、後日片付ける」

「はい、期待しています」

ヨツバの声が弾んでいる。

ミツバが「ヨツバ、嬉しそぉ～」とうんざりした声で言ったが、それに対するヨツバの答えは「ええ、とても」であったので、ミツバは口をへの字に曲げた。

第四章　私が大事にするものは

アスラートにプロポーズされた。

殆ど放心状態で王城へと帰ってきた私は、アスラートと別れたあと自室に戻った。

着替えもせず、窓際の揺り椅子に腰掛ける。

まさか、あのタイミングで求婚されるとは思わなかった。

前世の私たちが最後に向かおうとしていた場所。そこで過去の話をし、互いに思っていたことを告げた。

アスラートが、私を巻き込んでしまったことを申し訳ないと思っていたことも分かったし、私があの終わりを後悔していないことも告げることができた。

殺されたのは残念だったが、一緒に逝けたことは嬉しかったと本人に言えたのだ。

気づいてはいなかったが、胸のつかえが下りたような気持ちになった。

でも、そこでプロポーズされるなんて。

必ず幸せにすると言われた。その言葉を嬉しいと思ってしまった。

だけど安易に受け入れて良いものか分からない。

だから即答できなかったし、今もなお、返答をどうするか決めかねていた。

「……私はどうしたいのかしら」

自分の心に聞いてみる。

アスラートと共に過ごした時間は短いけれど、いつも楽しかった。

優しく目を細める仕草にナギニを思い出すし、彼と昔話をするのも嫌いじゃない。

私の中に、可能なら今度こそ彼と共にいたいという気持ちがあるのも否定しない。

今日、アスラートと話して、その気持ちはより高まった自覚はあるし、今後彼以上に気になる人ができるとも思えなかった。

「……そう、よね」

悩みはしたが、すでに答えは出ていたような気もする。

結局私は、彼と共にいたいのだ。あの時、掴み損ねた幸せを、今度こそ手にしたいと思っている。

そして、その相手はできれば『彼』がいいのだと。

前世の記憶を思い出してからというもの、必死に目を背けていた事実を私はようやく直視した。

今度こそ、ナギニと幸せになりたい。

それがひた隠しにしていた私の願いで、彼をどうこう言える資格なんて本当はないのだ。

「……話を受けよう」

ようやく自分の本心を受け入れ、呟く。

アスラートの求婚を受け入れよう。そして今度こそ彼と幸せになろう。

心を決め、揺り椅子から立ち上がる。

そうと決まれば、姉に報告だ。

アスラートは元々姉の見合い相手。こういうことになったと話をするのは当然だろう。

「アスラートに返事をするのは、お姉様に話してからにしよう」

乗馬服を脱ぎ、姉を訪問するのに相応しい服装に着替える。

この時私は、アスラートとこの先を歩むことを信じていたし、そうしたいと心から願っていた。

「お姉様、少しお時間を頂いても宜しいでしょうか」

「あら、カタリーナ。どうしたの？」

姉の部屋の扉をノックする。扉を開けた姉は、私を見るとにっこりと笑った。

「ちょうどお茶にしようと思っていたところだったの。あなたも付き合ってくれるかしら」

「え、ええ。それはもちろん」

断る理由はどこにもない。

それに、きちんと話したかったこともあり、ゆっくり時間を取れるのは有り難いとも思った。

了承すると、姉が女官を呼び出す。

ふたりでお茶をすると言うと、すぐに用意が調えられた。

紅茶と、そのお供にサブレだ。

女官が下がったあと、私は早速姉に話をするべく、意を決し口を開いたのだけれど。

「あなたが訪ねてきてくれて良かったわ。私の方からそちらに行こうかしらって考えていたから」

「？　何かお話でもあったのですか？」

「ええ、実は」

頬に手を当て、照れくさそうにする姉。

そんな彼女の様子を見て、ピンときた。

「あ、もしかしてまた好きな人ができたのですか？　今度はどこのどなたです？　お姉様は男運が悪いんですから、気をつけていただかないと」

今までの経験からそう告げる。姉は苦笑しながらも頷いた。

「分かっているわ。でも、大丈夫よ。とっても素敵な方だから」

「誰ですか？」

姉のお眼鏡に適（かな）った男性はどこの誰だと思いながら尋ねる。姉は微笑みながらその名前を口にした。

「アスラート殿下よ」

「え……」

――アスラート？　どうして？

一瞬、本気で時が止まったかと思った。

聞き間違いではないかと目を見開く私に、姉が嬉しげに告げる。

「だからアスラート殿下。あの方、すごく良い方じゃない」

「そ、そう……ですね」

話についていけないと思いながらもなんとか頷く。

「少し前、あなたに言ったでしょ。私、あの方に興味はないって。でも、見合い相手として一緒に食事をしたり話したりしているうちに、あ、この人素敵だなって思うようになったのよ。ふふ、今まで一目惚れみたいな恋しかしたことなかったから新鮮だったわ」

姉が語るのを呆然と聞くことしかできない。

姉とアスラートが食事を共にしたり、話したりしているのは知っていた。

本人たちにその気がないとはいえ、名目上は見合い相手なのだ。それなりにコミュニケーションを取る必要がある。

でも、まさか姉がアスラートを好きになるなんて。

前に聞いた時は、あり得ない的なことを言っていただけに信じられなかった。

愕然とするしかない私の目の前では、姉が頬を染めている。

「明るい雰囲気が好きなのよね。あと、話してみると分かるんだけど、意外と素直な人でしょう？今まで屈折したタイプばかり好きになってたから、たまには素直に気持ちを出してくれる人も良いんじゃないかって思ったりして」

「……」

「カタリーナもあの方と親しいのよね？　わざわざ私に仲良くなってもいいか確認しに来たくらいだもの。ふふ、運命の出会いってこんなに近くに転がっているものなのね。全然気がつかなかったわ」

「……」

「見合いなんて最初に言われた時はどうしようかと思ったけど、今となればお受けして良かったわ。……っと、あ、カタリーナも何か話があったのよね？　私ばっかり話してごめんなさい。あなたの話を聞かせてちょうだい」

姉が私を見つめてくる。

その目を見つめ返すことができなかった。

「あの、私……」

心臓が嫌な感じでバクバクとしている。

姉はアスラートを好きになったと言った。

明るい雰囲気と素直なところが好きだと笑った。

そのふたつは、彼がナギニであった頃には持ち得なかったもので、つまり姉がきちんとアスラートを見ていることを示していた。

そのことに気づき、変な汗が出てくる。

——私と、違う。

私がアスラートを好きなのは、ナギニの生まれ変わりだからだ。

あの過去があったから、私は彼に目を向けた。それは彼も同じだろう。

「……」

「カタリーナ?」

姉が不思議そうな顔をして私に声を掛けてくる。

それに応えられなかった。

姉と違って、過去の面影を追いかけている私。

そんな私が、彼女に何を言えるだろう。

何も言えない。

言えるわけ、ないではないか。

「……カタリーナ?」

プルプルと震えていると、姉がもう一度名前を呼んできた。

そんな姉に私は曖昧に微笑み「なんでもありません」と告げる。

当然、アスラートが好きだなんて言えるはずもなかった。

◇◇◇

「うう……」

姉の部屋を辞し、とぼとぼと歩きながら自室に戻る。

廊下を歩きながら考えるのは、やはり先ほどのことだ。

私と違い、今のアスラートに惚れたという姉。

どうしたって過去を見てしまう私では、逆立ちしたって勝てないと思った。

「……どうしよう」

アスラートに求婚された。受けようと思っている。

そう報告するだけのつもりだったのが、何ひとつ言えず、撤退する羽目になっている。自分が情けなくて泣きそうだ。

でも、仕方ないではないか。

そもそも私は姉に幸せになって欲しいと願っていた。

男運が悪く、よく恋人に泣かされていた姉。そんな姉を慰めながら、いつか良い人が現れてくれればといつだって思っていたのだ。

その姉が、珍しくクズではない男に惚れた。

相手がアスラートだという問題はあるけれど。

でも、アスラートは良い人だ。

口はちょっと悪いかもしれないが、性根が真っ直ぐな優しい人であることは、前世からの付き合いでよくわかっている。

姉もアスラートが相手なら、間違いなく幸せになれるだろう。

「……私がアスラートを諦めれば済む話、よね」

グルグルと考えているうちに、次第にそう思うようになってきた。

アスラートは私を好きと言ったが、その『好き』は私と同じで前世からきたもの。

決して今の私を好きだと言っているわけではないのだ。

結局は、前世ありきの恋。

それなら私と一緒になるより、今の彼だけを見ている姉と共にいる方が、アスラートも幸せになれるのではないだろうか。

私と彼ではたぶん、いつまで経っても過去から逃れられない気がするし。

それは互いの成長を阻害するという意味でも良くないと思うのだ。

求婚してくれたアスラートには悪いけど、私たちではきっと本当の意味で幸せにはなれない。

生まれ変わって話もできた。そろそろ互いに手を離し、それぞれの道を歩んでいく時なのだ。

「そう、そうよね」

アスラートには姉の方が似合う。

私も今ならまだ引き返せる。

アスラートのことは好きだけど、返事をしていない今なら、彼を諦めることができると思うから。

「……そうしよう」

姉にアスラートを譲るのだ。

私は私の幸せを別に探せばいい。

立ち止まり、ギュッと目を瞑る。

たぶん、今世の私ならここまで思い悩まなかった。

姉がアスラートを好きでも、アスラートが好きなのは私だし、仕方ないと判断したはずだ。

それがどうしてこんなことになったのか。

簡単だ。

前世を思い出した影響で、昔の性格が強く出ていたのだ。

前世の私は気が弱く、相手に強く出られると「じゃあもういい」と諦めてしまうところがあった。

姉がアスラートを好きなら譲れば良い。自分が退けば姉は傷つかなくて済むし。

そういう想いが勝ってしまった。

言い方は悪いが、悲劇のヒロインな自分に酔ってしまっていたのだ。

「私が退けば、皆、幸せになれる」

少し考えればそんなことはないのは分かっただろう。

だが、前世の自分が強く出ていた私には名案としか思えなかったし、それ以外解決方法はないように思えた。

◇◇◇

次の日、私は早速アスラートを訪ねた。

答えを決めたのなら、さっさと言ってしまいたい。

早く楽になりたかったのだ。

向かったのは、彼の部屋だ。

扉をノックし、名前を告げる。アポイントメントを取っていなかったので、追い返されても仕方ないと思っていたが、アスラートは私の訪問を快く受け入れてくれた。

彼が連れてきた従者のひとり、ヨッパが扉を開けてくれる。

「どうぞ」

「ありがとう」

緊張しつつ、部屋の中に足を踏み入れる。

アスラートに用意された客室は、ティグリルの王族が滞在するのに相応しい部屋だった。

壁に飾られた絵画は、ティグリル出身の有名画家が描いたものだし、家具もティグリルの職人が手がけたものを置いている。

慣れ親しんだものを使ってもらおうという配慮だろう。

「それで？　オレに話があるとのことだが？」

「え、ええ」

ソファを勧められ、腰掛ける。

チラリと彼の後ろに控える部下たちに目をやった。それだけで察してくれたアスラートが彼らに言う。

「お前たち、話が終わるまで隣の部屋で待機しろ」

「え、しかし……」

ふたりが揃って私を見る。護衛としてはふたりきりにはさせられないという視線だ。アスラートが鬱陶(うっとう)しげに手を振る。

「いいから。そんなに時間は取らせない。そうだな、カタリーナ？」

「え、ええ」

返事を伝えるだけだ。数分もあれば十分。

頷くと、ヨッバが心得たように頭を下げた。

「そういうことでしたら。ええ、承知いたしました」

そうしてもうひとりの従者、ミツバを伴い、隣の部屋へと移動する。

それを見送り、アスラートが言った。

「ふたりはいなくなったぞ。これでいいか？」

「……ありがとう」

個人的な話を第三者に聞かれたくなかったので、ホッとした。

姿勢を正す。

私が真剣な顔になったことで、話の内容を察したのだろう。彼は真っ直ぐに私を見つめてきた。

「これは、昨日の返事を貰えると思っていいのか？」

「ええ」

頷き、深呼吸をする。

決めたことを伝えるだけなのに、何故か緊張で手が震えた。

「……まずはお礼を言わせて。昨日はありがとう。一緒に遠乗りができたのは楽しかったし、前世の話ができたのも嬉しかった。得難い時間だったわ」

「それはオレも同じだ。お前と昔のことを語れるのは嬉しい」

柔らかい笑みを浮かべながらアスラートが告げる。その目はどこか懐かしむようで、やはり彼は私の前世を重要視しているのだろうと察してしまった。

――まあ、それは私もなんだけど。

彼がナギニでなければ、私がヒルデでなければ、今、私たちはここでこうしていない。つまりはそういうことなのだ。

だからこそ、一緒に居続けることはできない。

「プロポーズの返事をさせてもらうわね。気持ちはとても嬉しい。でも、受けることはできないわ」

「なっ……」

アスラートがソファから腰を浮かせる。その顔は驚愕に満ちており、よもや求婚を断られるとは思っていなかったことが伝わってきた。

そんな彼に告げる。

「ごめんなさい。でも、私たちは、たぶん今の私たちだけを見てくれる人と一緒にいる方が良いのよ。そしてあなたにはそういう人がすでにいる。気づいていないだけで、側にいるのよ」

だから私のことは諦めて欲しい。そう言うと、アスラートはカッと目を見開いた。

「今を見る、だと？　もしかしてお前が言っているのは姉のことか？　それなら前にも告げただろう。あいつはオレに興味がないし、それはオレも同じだ」

声音は真剣で、彼が本心からそう思っているのが伝わってくる。

だけど違うのだ。だって私は昨日、姉本人から彼への恋心を聞いてしまっているから。

私は首を横に振り、立ち上がった。

「そう思っているのはあなただけ。人は変わるの。時間があれば、感情はいくらでも変化する。それにお姉様は私と違って、今のあなたを見ている。あなたに――アスラートに相応しい人よ。だからきちんと向き合って差し上げて」

「おい！」

「話はこれだけ。時間を取ってもらって悪かったわね」

「カタリーナ！」

顔色を変え、詰め寄ってくるアスラートを躱す。彼に視線を合わせ、口を開いた。

「お姉様とお幸せに。ナギニとヒルデの話はここまでよ。私も私の幸せを探すわ。じゃ、短い間だったけど楽しかった」

「おい、待て！　カタリーナ!!」

「待たない。もう私に話すことはないもの」

扉に向かう。アスラートが追ってきたが、私は彼の目の前で扉を閉めた。

「おい――！」

「さようなら」

最後に見たアスラートの顔は、驚愕と絶望に彩られていた。

せっかく求婚してくれたのに、酷いことをしてしまった。でも、きっと彼なら私の言いたいことも分かってくれるだろう。

過去を振り払い、今を生きようとしてくれるはずだ。姉と共に。

——ズキン。

「っ」

心臓のある場所を手で押さえる。

突き刺すような痛みが私を襲っていた。

どうしてだろう。

彼の手を離すと決めたのは私のはずなのに、何故、こんなにも心が痛むのか。

「感傷に浸っているだけよね、きっと」

そう結論づけ、歩き出す。

私にできることはした。

あとはふたりが上手くいってくれることを祈るだけ。

「うっ……」

それだけのはずなのに、何故か涙が溢れてくる。

心が叫ぶ。

本当は手放したくなかったのだと言っている。

「そんなの分かってるわ。でも、無理だったたのだもの」

私は姉が幸せになることを邪魔したくないし、アスラートにだって幸せになって欲しい。

そしてそのためには、私が身を引くのが一番だった。ただ、それだけのことなのだ。

過去に囚われすぎている者同士が一緒にいても、未来は明るくないと思うから。

彼には自由に生きて欲しい。姉と一緒に。

涙をゴシゴシと手の甲で拭い、平気な振りをする。

こうしていれば、きっとそのうち『振り』も『真実』になるような、そんな気がした。

間章　サリーナの企み（アスラート視点）

「さようなら」

酷く追い詰められた顔でカタリーナが告げる。

目の前で扉が閉められた。

それを開けて追いかけるのは簡単なはずなのに、彼女の顔がそれをすることを強く拒否していてできなかった。

「……」

フラフラと近くのソファに腰掛ける。

たった今、カタリーナに言われた言葉が信じられなかった。

求婚は受けられないということ。

自分ではなく、姉のことを見てくれと言って、去っていったこと。

全てが悪夢のようで、吐き気がした。

「殿下？」

扉が閉まった音で、カタリーナが帰ったことに気づいたのだろう。

隣の部屋で待機させていたミツバたちが戻ってきた。

「……カタリーナ様は？」

ミツバが小声で聞いてくる。その顔を思いきり睨んだ。

「ひっ……」

「余計なことを言うな。黙っておけ」

「はっ、はいぃ……」

小さくなるミツバ。兄を押し退け、ヨッバが言った。

「どうしました、殿下。カタリーナ様はプロポーズのお返事に来られたのでは？　その様子を見るに……断られたようですが」

「黙っておけと言っただろう」

断られたと他人の口から言われ、腹立たしい気持ちになった。

断られた。そう、オレは断られたのだ。

昨日の感じなら、絶対に受けてくれたであろうプロポーズ。それが突然、今日になってひっくり返った。

その理由がどこにあるのか、聞かれなくても分かる。

「くそっ、あの女……」

サリーナだ。

カタリーナがオレの求婚を断る理由なんて、あの女以外にあるわけがない。

きっとオレの知らない間に、あの女がカタリーナに余計なことを吹き込んだのだ。

昔から真に受けやすいカタリーナはそれを信じた。

真相なんてこの程度のものだろう。

「何がお姉様とお幸せに、だ。ふざけやがって」

その姉こそが、オレとカタリーナを引き裂いた元凶だというのに、彼女はそれに気づきもせず、身を引いた。

誰もそんなこと望んでいないというのに。

そういうところは、ヒルデだった頃のままだ。

気が弱く、強く出られると退いてしまう。

昔のオレは、そういうところも可愛いと思っていたが、今は腹立たしい限りだ。

何故退くことを選んだのか。

オレはこんなにもカタリーナに手を伸ばしているというのに！

「クソッ！　……直接あの女に確かめる」

舌打ちしながらミツバたちに告げた。

ここで腐っていても現状は何も変わらない。

行動を起こさなければならないのだ。そして今起こすべき行動とは、姉であるサリーナに話を聞くことに他ならなかった。

一体、カタリーナに何を言ったのか、何故、たった一晩であんなにも頑なになったのか説明してもらわなければ納得できなかった。

「サリーナの部屋に行くぞ」

苛々した気持ちを隠しもせず告げる。

ミツバたちは「あー、やっぱり振られたんだ」「自信満々だったわりに情けないですね」と好き勝手に言っている。あまりにも腹が立ったので思いきりその背中を蹴りつけた。

「どういうことだ！」

入室とほぼ同時に叫ぶ。

睨み付けると、オレを迎え入れたサリーナはキョトンとしていたが、すぐに思い当たったような顔をした。

「あらあら、いいざまね。アスラート王子。その顔はもしかしなくてもカタリーナに振られた？」

「こっのクソ女！」

察した、みたいに言われ、ピキリとこめかみに筋が走る。

今の言動だけでも分かった。

やはりサリーナが余計なことを言ったのだろう。

「昨日、カタリーナにプロポーズをした。受け入れてくれると確信していた。それが今日になって

「――」

「お断りされたの？　あらまあ、情けない。女ひとり、捕まえられないなんて」

「お前のせいだろう！」

煽られているのは百も承知だったが、吼えてしまう。

サリーナはキャラキャラと笑い「座りなさいよ」と近くのソファを示してきた。

「誰が座るか。悠長に話をする暇などない。オレが聞きたいのはお前がカタリーナに何を言ったか、だ。あいつ、お姉様とお幸せに、なんて言ってきたんだぞ！」

「まあ。カタリーナってば、普段は我を通そうとするのに、肝心なところではそれを引っ込めちゃうんだから。あれかしら。やっぱり『アスラート王子のことを好きになっちゃった』って言ったのを気にしているのかしらねえ」

「何故、そのような嘘を吐いた!!」

あっさりと告げられた言葉を聞き、頭に通っている神経が、数本纏めて切れた気がした。

サリーナがオレを好きなんてあり得ない。

それはこの女の態度を見ていればすぐに分かることだ。

案の定、サリーナは言った。

「別に良いでしょ。大体、私は言ったはずだけど？　徹底的に邪魔をするって。それでも構わないと頷いたのはあなたではなくて？　アスラート王子」

「邪魔の仕方をもう少し考えろ！」

「嫌よ。どうせやるなら、一番効果的なのがいいもの。それに、あなたはカタリーナに本気なのでしょう？　どんな邪魔をしても乗り越えてくれるのではなかった？　それともそれは嘘だったの？　だとしたらがっかりだわ」

「嘘なはずがないだろう！　オレは本気であいつを愛している！」

売り言葉に買い言葉だと分かっていたが、黙ってはいられなかった。

サリーナがにんまりと唇の端を吊り上げる。

「そう、それなら、私が何を言おうと平気なはずでしょ。カタリーナを信じさせることができるはずだわ」

「……よく言う」

カタリーナがサリーナを大切にしていることを知っていて、その台詞を言うのだから、この女は大概性格が悪い。

最初に出会った時は、美しい外見をした大人しい王女だと思っていたが、とんでもなかった。思い違いにもほどがある。

ギロリとサリーナを睨み付ける。

「このクソ女め……」

「お褒めにあずかり光栄だわ。あ、一応言っておくけど、実はあなたのことが好きとかいうオチはないから安心して。あなた、私の好みとは違うのよね。私はもう少し静かな男が好きなのよ」

「それはオレも同じだ。お前みたいな女、誰が……」

オレが好きなのは、カタリーナだ。

断じて、目の前にいる妹過激派女ではない。

「くそっ、余計なことしか言わないクソ女め。オレはカタリーナの誤解を解く。だからお前もこれ以上邪魔はするなよ？」

「嫌よ。どこまでも邪魔してあげるんだから」

「……チッ」

釘（くぎ）を刺したのに、断られてしまった。

しかし、これ以上この女に構ってはいられない。オレが気にするべきは、サリーナではなくカタリーナだからだ。

「邪魔をした」

聞きたいことは聞けた。もう用はない。

憎たらしい女に背を向ける。

こんな女に構っている暇はないのだ。

姉がオレを好きだとすっかり思い込んでいるカタリーナの誤解を解きに行かなければならない。

「頑張ってねえ～」

後ろから暢気な声が聞こえ、反射的にキレそうになったが、これでも世話になっている国の要人だと必死に我慢した。

「ふふっ、怒っちゃって。可愛いわねえ」

ニコニコと笑っているのはサリーナ王女だ。

たった今、アスラート王子を限界まで怒らせた女性は、そんなことは忘れたと言わんばかりに、今度は鼻歌を歌い出した。

非常に楽しそうではあるが、複雑な気分だ。

その揶揄(からか)われた相手が、私の——ヨッバ・リーグストローンが仕える主人だからだ。

「殿下ぁ！」

兄のミッバが出ていった主人を追っていく。それを眺めていると、動かない私に興味を持ったのか、王女が話し掛けてきた。

「あら、あなたは行かなくてもいいの？」

「いえ、行きますよ。ええ、もちろん。殿下は私たちの主人ですから」

「そのわりには焦った様子もないみたいだけど」

不思議そうな顔をされ、にこりと笑った。

そうして姉姫の顔を見る。

「ひとつ、質問をしても宜しいでしょうか、サリーナ王女殿下」

「ええ、構わなくてよ」

首を傾げ、どこか楽しそうに返事をするサリーナ王女に私は言った。

「本当に良いんですか？　こんなことをして、あとで全てがバレた時、妹姫に恨まれるのはあなたですよ？　悪役をひとりで引き受ける必要はないと思いますけど」

「あらあら、言われちゃったわね」

フフ、と口元を押さえ、サリーナ王女が笑う。

「別に良いのよ。あとでバレて、どうして嘘を吐いたんだって怒られても。だって私はカタリーナに真実の愛を掴んで欲しいのだもの」

「真実の愛、ですか？　……物語によくある？」

お伽噺(とぎばなし)や女性の好む恋愛ものの小説ではよく聞く言葉だ。

ヒーローとヒロインは真実の愛を育み、ハッピーエンドを迎える。

「ええ、そうなの。どんな障害にも負けない真実の愛。それをあの子には得て欲しい。……ここだけの話なんだけどあの子ね、昔からどこか遠くを見ている時があって、いつか消えてしまいそうだってずっと思っていたのよ。大人になった今もそう。だからあの子を繋ぎ留めてくれる誰かが欲しいの。そのためならなんでもするわ。だって私では駄目だから」

「駄目ということはないでしょう。あなたは家族だ。家族は十分、繋ぎ留める楔(くさび)になれると思いますけど」

「分かってないわね。確かに家族は大事よ。でも、一生一緒に居られるわけじゃないの。特に私たちは王族。いつか誰かに嫁いでいくわ。そしてあの子がそうなった時、私はついていってあげられない。あの子と一緒にいられるのは、あの子の夫となる男だけなのよ」

きっぱりと告げられ、目を見張った。

確かに言われてみれば、そうかもしれない。

家族と言っても、いつかは離れる。離れず側に居るのは、配偶者だけだ。

「だからあの子の相手には真実の愛を育める人が良いの。万が一にも浮気するような男は駄目。どんなことがあってもあの子だけを愛してくれる人。そしてあの子も同じように愛せる人。そういう人にならば安心して託せるし、きっとあの子だってどこかへ消えてしまうなんてことはしないはずよ」

「……」

じっとサリーナ王女を見つめる。

ずっと強気で、まるで女王の如く振る舞っていた彼女は、今は普通の女性に見えた。

「私、男運が悪くて。どうしてかしらね。毎度、変なのを掴んで、最後はいつも泣く羽目になる。それをあの子が慰めてくれるの。『お姉様は悪くない。いつか素敵な人が現れる』って。カタリーナはね、すごく優しい子なのよ。あの子も私の幸せを願ってくれているだろうけど、私だってあの子に幸せになってもらいたいの」

「そう……ですか」

語られたのは、互いを想い合う美しい姉妹の話だった。

お互い、相手に幸せになって欲しいと思っている。

そしてサリーナ王女にとってのその手段が、アスラート王子とカタリーナ王女の前に立ちはだかるということなのだ。

試練を与え、ふたりの想いが本当なのか、どれほどのものなのか確かめる。

嫌われようが構わない。それで妹が幸せになるのなら――。

「あなた、愛情表現が捻(ひね)くれているって言われませんか？」

呆れ半分で告げる。

それに対する彼女の答えは「あら、誰よりも正直な女だと思っているけれど？」だったので、私は久しぶりに声を上げて笑ったし、この女性はとても素敵な人なのだなと認識した。

第五章　どちらのあなたも好きだから

「カタリーナ、オレは諦めないぞ。オレはお前のことが好きなんだ！」

「止めてってば！　言う相手が間違ってる‼」

大声で私に向かって愛を叫ぶアスラートに、顔を赤くしながら怒鳴り返す。

どうしてこんなことになってしまったのだろう。

先日、私は姉の恋が成就することを祈り、アスラートの求婚を断った。

その決断はとても厳しいものだったけれど、過去しか見ない私よりも今を見ている姉の方が彼には相応しい。だから後悔はしないと思ったのに。

決別を告げたあと、何故かアスラートは私に突撃してくるようになった。

しかも愛の言葉付きで。

王城の廊下でいきなり「オレはお前が好きだ！」と叫ばれた時は、羞恥のあまり泣きそうになった。

私は断ったはずなのに、どうして告白されているのか。

周囲には女官や兵士たちがいて、私たちを驚いたように見ている。誰もいないところでならまだしも、皆がいる前で「好きだ」と大声で言われたのだ。

女官たちは「まあ」と興味津々の目で私たちを見ていたし、兵士たちは困った顔をしつつ、必死に目を逸らしてくれていた。

色んな意味で台無しだし、私がちょっと逃げたくなるのも当然だった。

皆に筒抜けではないか。

だが、それはほんの序章だった。彼の本気はそのあとから始まったのだ。

アスラートは来る日も来る日も私に愛を告げ、如何に自分の気持ちが私にしかないかを滔々と語り続けた。

はっきり言って迷惑でしかないし、アスラートに想いを寄せている姉に対しても申し訳ない。

私は泣きそうになりながらも「馬鹿なことを言わないで」と必死に言い返した。

「お姉様が聞いていたらどうするの」とも。

残念ながらアスラートが聞き入れてくれることはなかったが。

「オレはオレの想いを正直に告げているだけ」と言い張り、一向に止めようとしない。

告白攻撃は今日で一週間を超え、いまだ彼は私に纏わり付いている。

毎度、場所を問わず告白してくるので、皆が彼の気持ちを知るようになってしまったのが辛い。

昨日なんて、私付きの女官に「受けてあげないんですか？　別にカタリーナ様がお相手になっても構わないのでしょう？」と心底不思議そうに言われたのだから、穴があったら入りたいと本気で思った。

「あの、お願いだからやめてちょうだい」

昨日のことを思い出しながら足を止め、振り返ってアスラートに言う。

後ろからついてきていたアスラートは「うん？」と首を傾げた。

ここは王城にある庭で、百合園とは別の場所。

花が咲かない緑の庭園として知られている。周囲に人影はない。あまりにもアスラートがうるさいので、人が少なそうなところに逃げてきたのだけれど、彼がついてきたことは誤算だった。

「私はあなたの気持ちを受け入れられない。何度もそう言っているわよね？」

「確かに聞いたな。だがオレが諦める理由にはならない。何故なら、オレはお前が好きだからだ」

「だからそれが迷惑だって言ってるの」

すぐに『好き』を口にしてくる男に疲れを覚えながらも睨み付ける。

「あなたがあっちこっちで『好き、好き』言うから、最近では女官にまで揶揄われるようになったじゃない。いい加減、止めてちょうだい」

「断る。別に冗談で言っているわけではないし、オレの気持ちが全員に知れ渡るというのなら願ったり叶ったりというものだ」

「冗談でしょ。お姉様に知られたらどうするの」

「サリーナ王女のことか？　そうだな。彼女にはきっぱりとカタリーナが好きだと宣言しておいたが？」

「何してくれてるの！　お姉様が悲しむようなことはしないでちょうだい！」

宣言した、なんて言う男を愕然と見つめる。

そんなことを言われたら、アスラートが好きな姉は酷く悲しむではないか。

私は姉の悲しむ顔は見たくないのだ。

「お姉様を傷つけないで！」

「傷つくような女には見えないし、あいつもオレのことは好きではないと豪語していたぞ？」

「そんなの、嘘に決まってるじゃない！」

私は、アスラートが好きだと姉から直接聞いているのだ。

その好きな相手に、別の人が好きと言われたら「自分もお前に興味なんてない」と言い返してしまうのも仕方ないと思う。

アスラートが溜息を吐いた。

「……絶対に違うと断言できるが。それに、お前は姉のことばかり言うが、いい加減気づいてくれ。お前を好きだと告げる、オレの気持ちはどうでもいいのか？　そこは無視するのか？　そういうところは昔と変わらないな」

「っ……！」

即座に言い返せず、言葉に詰まる。

図星を突かれたと思ったからだ。

確かに私は姉のことばかりで、アスラートの気持ちなど微塵(みじん)も考えていなかった。

姉の想いが叶うことが何よりも肝心で、その他はどうでもいい……わけではないけど、優先順位が低かったのは認めるところ。

それをアスラート本人から指摘され、言い返せなかったのだ。

「そ、それは……」

「お前は『姉が』『姉が』とそればかりだ。オレがこんなにも好きだと言っているのにな。カタリーナ、そろそろオレのことも見てくれ。お前が姉を大切にしているのは分かるが、オレの気持ちは彼女にはない。それが分かっていて、姉とくっつけようというのはあまりにも酷い話ではないか？」

「……」

「もっと分かりやすく言ってやろうか。お前のその行動は、オレだけではなく大好きな姉のことも傷つけているんだぞ」

「っ」

ハッとし、アスラートを見た。

青い目が私を責めるように見つめている。

「お前なら嬉しいのか。『彼は私のことが好きみたいだけど、あなたが彼のことを好きなら譲ってあげる』と言われて。傲慢極まりない話だな」

「ち、ちが……！　私、そんなつもりじゃ……」

必死に否定するも、アスラートに言われた言葉がグルグルと頭の中を回る。

――彼は私のことが好きみたいだけど、あなたが彼のことを好きなら譲ってあげる。

断じてそんなことを考えたわけではないが、事実だけ見れば私の行動は彼の言う通りでしかない。

そしてもし、自分がそれをされたらどう思うのか。

私は嬉しいと、その施しを有り難く受け取るのか。いや、そんなわけがない。

気持ちがないのに譲られたって嬉しくないし、そもそも譲ってなんて欲しくない。

恋愛は互いに想い合ってするものだ。

誰かに譲ってもらうものではない。

「あ……――」

目を見開く。

こんな当たり前のことに今まで気づきもしなかったなんて。

私がしようとしていたことは、アスラートだけではなく、姉に対しても失礼なことだった。

「私……」

妙に弱気になっていた。

姉がアスラートを好きなら譲れば良いと、そうするべきなのだと思っていた。

でもそれは、今思えば全然私らしくなくて、まるで――そう、前世の私がよくする考え方だったとようやく気づいた。

自分が諦めて皆が幸せになるのならそれでいい。そういう考え方をよくしていたし、それをナギニにはよく叱られていたものだ。

「……まるで昔のお前を見ているようだったな」

気まずげに俯いた私を見て、自覚したと分かったのだろう。アスラートが苦々しげに言った。

「お前は昔からそういうところがあった。相手を傷つけることを恐れて、すぐに身を引こうとする。それが悪いことだとは言わないが、相手に対して失礼になる場合は止めろと言っただろう。忘れたとは言わせないぞ」

「……覚えているわよ。それに、今の私はあんまりそういうことをしなかったはず……なんだけど」

気づいてしまえば、己の行動が恥ずかしいばかりだった。

「……はず、なんて言っても仕方ないわね。やってしまったのは事実だもの」

悄然（しょうぜん）とした気持ちで告げる。

アスラートが溜息を吐きながら言った。

「分かればいい。全く。昔とは性格が全然違うと思っていたところにこれだからな。驚いたぞ」

「……あなたにも驚かされたわよ。違う意味で。だって昔は、皆が見ているような場所で大声を上げて告白なんてしなかったじゃない」

物静かなナギニを思い出す。

彼は人前で告白してくるような人ではなかった。

もちろん人目につく場所で、イチャイチャすることもなかった。

誰にも邪魔されないふたりきりの場所以外で、彼が愛を語ることはなかったのだ。

私も目立つのは好きではなかったから、そのことに不満はなかったけど、考えてみれば今の彼とは百八十度違う。

「今は、皆がいる廊下でも大声で叫ぶものね」

猪突猛進でこちらに向かってくる姿は、前世を知っている私からすれば信じられないとしか言いようがない。

あのナギニがこんなにもなりふり構わず熱く愛を語る男になっていたなんて、驚きだ。

真っ直ぐで、熱い。

静かで、少し捻くれたところのあったナギニとは大違いである。

改めてナギニとの違いを実感していると、アスラートが鼻を鳴らす。

「お前が分からずやだからだろう。それに気持ちを隠したところで百害あって一利なし。オレがお前を好きだと皆に知らしめておいた方が後々、有利に事が運ぶ」

人を小馬鹿にした態度で告げるアスラートを見つめる。自信たっぷりな眼差しは、妙に昔のナギニを思い出させた。

私が好きだったナギニの表情だ。

「……策略家なところは前と変わっていないのよね」

昔と今、それが綺麗に混ざり合っている。

それが今のアスラートで、私はそんな彼を好ましく思っているのだ。

「……」

グルグルと色々な思考が頭の中を渦巻いている。

少し整理する時間が必要だと思った。

「カタリーナ?」

黙り込んでいると、アスラートが声を掛けてきた。

そんな彼に告げる。

「ごめんなさい。少し私に時間をくれないかしら。その、私、色々と考えたいことがあって。結論が出たら、ちゃんとあなたに話すから」

自分がアスラートにも姉にも失礼な振る舞いをしていたことは理解した。

そしてそれなら私はどうするべきなのか。

ヒルデではない。今のカタリーナがどう行動するべきなのか、今一度冷静になって考えたかった。

「……」

アスラートが真意を探るように私を見てくる。その目を静かに見つめ返した。

「迷惑を掛けたのは分かってる。私が愚かだったことも理解してるから」

短くない沈黙が流れる。

やがてアスラートは息を吐くと「分かった」と私の提案を受け入れてくれた。

次の日の朝、私は乗馬服に着替え、ひとり馬に乗った。
目指すは、この間アスラートと行ったシャリデの丘だ。
人の少ない自然に囲まれた場所で、自分を見つめ直したかった。

「ああ……空気が美味しいわ。緑の匂いがする」

目的地で馬から下り、胸いっぱいに空気を吸い込む。

私の他に人は誰もいなくて、考え事をするには最適だった。

芝の上に寝転がる。

大の字になって、空を見上げた。

青い空には白い雲がいくつも浮かんでいる。鳥が飛んでいくのも見えた。

風がそよぎ、葉が揺れる音がする。

「……」

ゆっくりと目を閉じた。

考えるのは、今までのこと。

アスラートと出会って前世の記憶を取り戻し、それに振り回されながらも過ごした数週間。

状況の変化がめまぐるしすぎて、まともに考えることもできなかったように思う。

「私がお姉様に恋を成就して欲しいと願うのは、ふたりにとって失礼。本当にそうよね」

しみじみと呟く。

本当に、どうしてこんな簡単なことに気づけなかったのだろう。

いつもの私なら、それくらいすぐに分かっただろうに、前世の性格が邪魔をしたのか、すっかり駄目な方向に思い込んでしまった。

アスラートに指摘されなければ、今も『姉にアスラートを譲らなければ』と思っていただろう。

最低すぎる。

「他の女を好きな男をその女から譲られたところで、嬉しいなんて思えるわけないのにね」

勝手に譲ると言われたアスラートも可哀想だ。

本当に私のしたことは誰に対しても失礼極まりなかった。

その上で考える。

私は、どうしたいのかを。

私はアスラートが好きだ。でも、その好きは前世からきたもので、だからこそ今を見ている姉の方が彼には相応しいと考えた。

彼だって昔の私に囚われている。だから姉がいれば今に目を向けることができるのではと思っていたのだけれど——ようやく冷静になれた今、どうしてそんなにも頑なに思い込んだのかと自分に呆れた。

どういう理由で好きになっても良いではないか。『好き』な気持ちに嘘はないのだから。

それに。

「……やっぱりアスラートの隣に私でない誰かが立つのは嫌なのよね」

私の中に、強烈に『この人は私のものだ』という感覚がある。

もし、さっきまでの私の目論見が成功していたとして、姉とアスラートが本当にくっついてしまったら。

「うっ……」

想像し、反射的に口元を押さえた。

吐き気がするくらい、嫌だと思ったのだ。耐えられない。

これは意識的なものではない。完全な無意識だ。

「あー……はははは……あーあ」

から笑いしながら、身体を起こす。

今の自分の反応で分かってしまった。

アスラートを諦めるなんて、私には到底無理だったということが。

いつの間に、こんなに好きになっていたのだろう。

自分のことだというのに、今の今まで全然気がついていなかった。

姉のために身を引く？　無理だ。だってふたりが一緒にいるところを想像しただけで、全身に強い拒絶反応が出る。

どうしてこの強い気持ちに、今まで無自覚でいられたのだろう。

そう思ってしまうくらいには、私はアスラートを誰にも渡したくなかった。

同時に考える。

今の私は、アスラートのどこにそんなに惹かれているのだろうと。

まず、彼がナギニだというところ。

これは否定しようがないし、そうでなければそもそも興味を持たなかった。

アスラートも同じだろうから、別にそれは構わない。

人それぞれ、色々な出会い方があるのだ。それが私たちにとっては前世だったというだけのこと。

だけど、生まれ変わってきたアスラートは、吃驚するくらい、以前とは変わっていた。

もちろん同じところも多くある。

好きだと思っていたところも健在だ。

でも、明らかに以前より明るくなったし、自分の気持ちを素直に口に出すようになった。

私を追いかけながら「好きだ」と叫ぶなんて、ナギニには絶対にできない行動だと思う。

「ずいぶん甘党にもなっていたしね」

私より甘いものが得意になっていた彼を思い出す。

こうして思い返してみれば、アスラートはあまりにもナギニとは違っていて、でも変わってしまったその全部が愛おしいと思えた。

結局、私は彼でさえあればなんでも良いのだろう。

昔の彼も今の彼も私は等しく愛していて、その側に寄り添いたいと願っている。

今の彼を見ていないなんてことはない。

今の彼『も』見ているのだ。

どちらの彼も愛していて、だから私が恥じ入る必要なんてどこにもなかった。

姉が今のアスラートを愛していたとしても、それは私だって同じ。

意味もなく自分を卑下して姉に遠慮する必要はないし、本当に好きなら堂々と姉に言えば良いのだ。

『私も、アスラートのことを好きになってしまった』と。

それで姉との関係が悪くなるなんて思わない。

だって私は姉が大好きだし、姉だって私のことを大切に想ってくれていると知っているから。

「……なんか、今までずっと悩んでいたのが馬鹿みたいな結論が出たわね」

立ち上がりながら呟く。

すごく簡単な話だった。

好きになる理由なんて人それぞれで優劣などないし、同じ人を好きになったのなら、そう言えば良い。

だけどこの結論は、私がヒルデであれば出せなかったものだと思う。

後ろ向きなところがあり、争い事が嫌いなヒルデは、自分が退くことを選ぶから。

姉と対峙（たいじ）なんて、昔の私には絶対にできなかった。

カタリーナであったからこそ導き出せたのだ。

それくらい以前と今では性格が違っている。そしてそれはアスラートも同じ。

前世と今世は別の人。

だけど同時に同じ人で、その違いを含めた全てが愛おしいのだ。

早速、王城へ帰ってきた。

結論が出たのだ。

これ以上燻（くすぶ）っている理由はない。

さっさと姉に「アスラートは譲れない。彼は私が貰う」と宣言してこようと思う。

「うんうん。それくらいが私らしいわよね」

本当に、大分前世の性格に引き摺られていたようだ。ウジウジと悩んで、情けない。これこそが今の私で『らしい』と思える。

姉に報告したあとは、アスラートだ。

彼については散々振り回して迷惑を掛けた自覚もある。色々と謝らなければいけないことも多いが、それよりまずは改めて求婚の返事をしなければと思っていた。

突き進むと決めたのなら、答えは『イエス』一択。

きっとアスラートも喜んでくれるだろう。

前世では悲しい結末を迎えた私たちだけど、今世では幸せになってみせる。

昔も今も全部ひっくるめて、あなたが好きだと、そう伝えようと決めていた。

「アスラート？」

馬を厩舎に戻し、姉に会うべく王城の廊下を歩いていると、遠目にアスラートの姿が見えた。

彼は眉を中央に寄せ、難しい顔をしている。

「あ……」

あの顔は昔見た表情だ。

彼が話しているのは、連れてきた双子の従者で、そのふたりも深刻そうな表情をしていた。

「どうしたのかしら」

難しい顔をしている三人が気になり、そちらへと足を向ける。

近づくと、すぐにアスラートは私に気がついた。

さっと笑顔を向けてくる。

「ああ、カタリーナか。どうした?」

「どうしたって、あなたこそどうしたのよ。なんだか深刻な顔をしているけど」

「そうか? そうでもないと思うが。それよりお前から話し掛けてくるなんて珍しいな。どうした? やはりオレのことが気になったのか? 愛を告げに来たのなら大歓迎だぞ」

「ち、違うわよ!」

反射的に否定してしまった。

でも顔が赤くなってしまったので、照れているのはバレバレだろう。

アスラートも気づいたようで、楽しそうな顔になった。

「なんだ。本当に愛を告白しに来たのか? だが、残念ながら今から少し用事があってな。夜なら時間が取れるから、話ならその時に聞こう。――だが、そうだな。朝まで帰れない覚悟はしておいてくれ」

「あ、朝までって……」

「夜に男の部屋に来るということがどういう意味なのか、お前も知らないわけではないだろう？」

暗に性交渉を匂わされ、真っ赤になった。

そもそも、私は前世ですら『そういう』経験がないのだ。

ナギニは奥手……というか、そういうことは結婚してからにしようと言っていて、私もそれで良いと思っていた。

だから、アスラートが性についてあからさまな発言をしたことに驚いたし、咄嗟に反応できなかった。

「え、あ、あ、あの……」

プルプルと震える私を見て、アスラートが「しまった」という顔をした。

揶揄いが過ぎたと気づいたのだろう。気まずそうに口を開く。

「悪い。今のはオレが言いすぎた。……とにかくなんの用かは知らないが、今は忙しくて時間が取れない。もし話があるのならあとにして欲しい」

「え、ええ。分かったわ」

本当に時間がないのだろう。

こちらも用事があって話し掛けたわけではないので、素直に引き下がった。

「ではな。——ミツバ、ヨツバ。行くぞ」

「「はっ」」

アスラートが背を向けて歩き出す。その後をふたりの従者が追っていった。

背中を見送る。

黙って見つめていたが、我慢できずに歩き出した。

行き先はひとつ。彼の後を追うことにしたのだ。

「……」

彼が見せた表情が気になっていた。

ミツバとヨツバに見せていた、少し愁いを含んだ複雑なあの顔。

前世で死ぬ数日前、彼がよくしていたものと酷く似ていた。

どこか思い詰めた顔。

私が『宰相として何か悩んでいる』と判断した表情。

だがそれは間違いで、ナギニは自身の暗殺計画について悩んでいたのだ。

その時の顔と、さっきしていた顔はとてもよく似ていた。

それに気づいてしまえば、見なかったことにはできなくて、私は衝動的に彼らを追ったのだ。

——胸騒ぎがする。

何か今から良くないことが起こるのではないか。

勘でしかないが、そんな気がする。

だってあの顔を見たあと、私たちは死んだのだ。

どうしたって不吉で、放ってなんておけなかった。

「……」

三人から一定の距離を取り、尾行する。

王城の外に出た彼らは、馬車にも乗らず、徒歩で移動を始めた。

とはいえ、チョコレートフェスの時のように、王都の中心街へは向かわないようだ。

何故か、人通りの少ない場所を歩いている。

「……何をしているのかしら」

壁に張り付きつつ、三人の様子を窺う。

さすがにこのタイミングで「偶然ね。私も一緒に行っても良い？」とは言えないし、尾行しているのがバレるのも恥ずかしいので、気づかれないようわりと必死である。

乗馬服のまま飛び出してきたので少々目立つが、死に物狂いで気配を絶っているため、彼らはこちらには気づいていないようだった。

彼らはあえて人気（ひとけ）のない場所を選んでいるのか、裏通りや少し治安の悪い区画を歩いている。

一緒にいたのなら絶対に止めているのにと思いつつ、ついていった。

「……」

黙って後を追っていると、アスラートたちが平民街の方へ足を向けた。

その付近は、今までいた商業地区とは雰囲気が変わる。

商業地区や貴族街より警備兵の数も減るので、今までより格段に治安も悪くなるのだ。

「え……平民街へ行くの？」

さすがにそこまではついていけない。

護衛も連れていないし、昔に比べて活動的になったとはいえ、護身術に優れているわけでもないからだ。

そもそも第二王女が単身、平民街へ入るのがまずい。

アスラートにだって本当は行って欲しくないのだが、彼は護衛を連れている。私とは状況が違うのだ。

「残念だけど、これ以上の尾行は無理かしら」

できればアスラートが何をするのか見届けたかったが、自身の安全を考えれば引き返すのが正解。下手についていって、国王である兄に迷惑を掛けるようなことになっても困るから、尾行はここまでと諦めることにした——のだけれど。

「あ……」

彼らが平民街へ入ろうとしたそのタイミングで、十人くらいの男たちが物陰から飛び出してきた。

顔立ちがモルゲンレータのものではない。間違いなく他国の人間だった。

彼らは物々しい雰囲気で、皆、武器を持っている。

「襲撃……？」

誰を。

考える前に、アスラートたちが囲まれる。

「え、え、え……」

誰かに連絡をしなければ。そう思うのに足が動かない。

襲撃など初めて見たのだ。驚きと恐怖と、あと、自分が見ているものが信じられなくて、身体が固まっていた。

「あー、やっと出てきた。遅いんだよ、ほんと」

身動きできない私とは裏腹に、軽い動きで前に出たのはミツバだった。

彼は腰から剣を引き抜くと、にっこりと笑う。

「十人か。思ったより少なかったね。全員僕の剣の錆にしてあげるから、どこからでも掛かってきなよ」

「……」

煽るような言葉にも、襲撃者たちは動じない。じりじりと間合いを詰め、剣を向けている。

そんな男たちにミツバが呆れたように言った。

「だんまりか。情報を漏らすつもりはないってことかな。君たちが誰から依頼を受けているか、こちらはもう摑んでいるんだ。黙っていても意味はないと思うけどな」

ミツバが構える。それを合図にしたかのように男たちは一斉にアスラートたちに向かっていった。

「アハ、アハハ！」

ミツバが剣を振るう。

「すごい……」

感嘆の声が出る。

まるで踊っているようだ。

ミツバの剣技は華麗かつ正確で、アスラートが彼のことを国一番の騎士だと言っていたことを思い出した。

戦っているのはミツバだけで、ヨツバはアスラートを庇うような立ち位置だ。

アスラートも剣を抜いてはいたが、ミツバが彼に近づけさせない。

このままミツバがひとりで十人を倒してしまうのだろうか。

そう思った時、アスラートの後ろから三人の男が近づいてくるのが見えた。

「あ……！」

別働隊だ。

十人の男たちに気を取られている間に、別の三人がアスラートを殺すつもりなのだ。

彼らの作戦は明白で、まだアスラートたちは三人には気がついていない様子。

このままではアスラートは彼らから攻撃を受けてしまうだろう。

傷つくだけではなく、もしかしたらその命すら失うかも。

そう思ったら、居ても立っても居られなかった。

昔の、死ぬ直前の記憶が頭の中を巡る。

あの時、声だけしか聞けなかったが、それでも彼が命を失っていく様はまざまざと全身で感じていた。

あれをもう一度なんて耐えられない。

いいや、違う。再びアスラートを失うことなんて考えられないのだ。

だから叫ぶ。

「ダメ！」

無我夢中だった。

隠れていた場所から飛び出す。予想外の第三者の出現に、全員が呆気にとられた。

アスラートが目を見開き、私を見る。

「カタリーナ⁉」

どうして、とその目が言っていたが構わず叫ぶ。

「アスラート、後ろ！」

「っ！」

私の言葉に反応し、アスラートが後ろを振り向く。

新たな襲撃者がいることに気づき、剣を構えた。

それより早く、ミツバが駆け抜ける。

「あっは。僕が気づいていないとでも思った？」

驚く間もなく、三人が倒された。どうやらミツバは新たな襲撃者に気づいていたようだ。

私が出てきたのは完全に余計な世話だったらしい。

「よ、良かった……」

「何が良かったんだ？」

「っ⁉」

アスラートが無事なことにホッと胸を撫で下ろした次の瞬間だった。

後ろから男の声がし、大きな手に捕まえられた。

「ひっ……」

「誰だか知らないが、邪魔をしやがって」

どうやらまだ仲間がいたらしい。

「は、離して！」

必死にジタバタと暴れるも、私を捕らえた男の腕はビクともしない。

男はせせら笑いながらアスラートに言った。

「この女の命が惜しければ、剣を捨てるんだな」

私を人質にするつもりなのだと気づき、青ざめる。

幸いにも王女と気づかれてはいないようだが、これでは助けるどころか、邪魔でしかない。

「アスラート！　ダメ！」

焦る私だったが、アスラートは剣を捨てはしなかった。

トップスピードでこちらに向かって走り出す。

予想外の行動に驚いた男が、持っていた剣で私を刺し貫こうとしたが、アスラートの方が早かった。

——ガチン。

剣と剣がぶつかる音。

アスラートの剣が男の剣を止めていた。

「チッ！」

男が乱暴に私を離し、飛び退く。私を抱えたままでは戦えないと判断したのだろう。

ふらつく私をアスラートが受け止める。

チラリとこちらを一瞥（いちべつ）した。

「じっとしていろ」

「え、ええ」

「すぐに終わる」

そうして駆け出すと、ほんの数撃で男を追い詰めてしまった。

男も善戦しているが、明らかにアスラートの方が上手（うわて）であることが素人目にも分かる。

「すごい……」

その場に立ち尽くし、呟く。

以前のナギニでは考えられなかったことだ。

ナギニは頭脳派で、武器を持つことはしなかったから。

絶望的に才能がないのだと、悔しげに言っていたことを思い出す。

それ以前に、剣技自体が嫌いみたいだったけど、とにかく前世では避けていた素振りすらある剣を今は自分の身体の一部のように使っている彼が信じられなかった。

「ぐっ……」

アスラートの剣が男の剣を弾く。そのタイミングでミツバが飛び込んできた。

「代わります！　殿下はカタリーナ様を」

「頼む」

男が隠し持っていた剣を使い、ミツバに向かっていく。

ミツバはすでに襲ってきた全員を返り討ちにしていたようだ。今、この場で立っている敵は私を襲った男だけ。

あとは全員、気を失っている。

「カタリーナ、大丈夫か」

「アスラート……」

アスラートが心配そうな顔をして私の側へとやってくる。すでに剣は鞘へと収めていて、これ以上の戦いが発生しないことを示していた。

のんびりとした動きでヨツバがやってくる。

戦っているミツバを見て、面倒そうに言った。

「ミツバは放っておけばいいですよ。物足りなくて、最後のひとりで遊んでいるだけですから」

「遊んでいる？」

「ええ、ミツバに掛かれば、襲撃者の十人や二十人、物の数ではありません。私の兄は優秀な人なんですよ。あまり認めたくはありませんけどね」

「……」

苦虫を嚙み潰したような顔でヨツバが言う。アスラートも同意した。

「ミツバは、十年にひとりと言われる剣の才能の持ち主だからな。オレが護衛にミツバしか連れてこなかったのも、ミツバがいればそれで十分だったから。文はヨツバ、武はミツバ。このふたりがいれば、大抵のことはなんとかなるんだ」

「ええ。ですが、それを多くの人たちは知らない」

クスッとヨツバが意味ありげに笑う。

「従者ふたりしか連れていかなかった王子。暗殺も容易いのではと考える馬鹿は必ず現れる」

「……えっ」

アスラートを見る。

彼は唇の端を吊り上げて笑っていた。その顔が企みが成功した時のナギニにあまりにもそっくりで、言葉を失ってしまう。

「お前も知っているだろうが、うちの国は内乱状態が続いていて、政局が安定しているとは言い難い。平和主義者である父を面白く思わない者も多くいるんだ。国家転覆を狙うような者も少なくない。得てしてそういう奴らはオレと父の暗殺を企む」

「暗殺……」

「自分たちの望む世界を作るためにな。だからオレはモルゲンレータに来た。見合いが目的ではない。父とオレ、ふたり同時に殺されることを避けるために。そしてオレを暗殺しようとする者達をあぶり出そうと考えた。碌に護衛も連れていかなかったオレが不用心に外に出れば、きっと奴らは行動に出る。そう思ったからな」

「……」

目を丸くする。

まさかの自分をオトリにして、犯人をあぶり出そうとしていたなんて思わなかった。

でもそういう行動は、ナギニが昔からよく好んでしていたことだ。

『らしい』といえば、あまりにも『らしい』。

ただただ驚いていると、アスラートが言った。

「――少し前、ついにオレの暗殺依頼がされたという情報を得た。オレはモルゲンレータにいる。ということは、暗殺者はこちらの国に来るだろう。護衛も少ないしな。殺すにはちょうどいい機会だ。だがモルゲンレータに迷惑を掛けるわけにはいかない。知られる前に暗殺者をあぶり出し、排除する必要があった。それがこれだ」

アスラートが周囲を見回す。襲撃してきた者たちは、皆、倒れていた。

最後のひとりもミツバによって倒されている。

間違いなく、アスラートたちの完全勝利だった。

「……なんだ」

安堵のためか、勝手に言葉が零れ出る。

「大丈夫だったんだ。良かった……」

アスラートの思い詰めた顔を見た時に感じた、恐ろしいまでの焦燥感。あれは私の思い過ごしだったのだ。

実際の彼は、敵が襲ってくることを逆手に取って、一網打尽を考えていた。

私が心配することなんて何もなかったのだ。

「そう……そう、良かった」

危険はもう去った。

アスラートを狙う者は倒され、彼は無事に立っている。

そのことが、涙が出るほど嬉しかった。実際に涙がポトポトと零れ落ちる。

「カタリーナ?」

アスラートが怪訝な声で名前を呼ぶ。私がどうして泣いているのか分からないのだろう。

そんな彼に黙って首を横に振る。

今の私の気持ちを分かってもらおうとは思わなかった。

必要ない。私ひとりが理解していればいいのだから。

——私、アスラートが好きだ。

改めて思う。

彼を失いたくないと。

アスラートを失うかもしれないことがどうにも恐ろしく、自覚したことで、自分がどれだけ彼を想っているのか痛感した。

譲るとか譲らないとか、前世とか今世とか関係ない。

そんなことどうでもいい。悩むだけ馬鹿らしい。とても些細なことだ。

今まで散々悩んでいたことが一瞬で全て飛んでいってしまったけど、それが私の出した結論。

私はただアスラートが好きで、彼を失うことを受け入れられないと思っている。

それが全てだ。

「カタリーナ、カタリーナ。大丈夫か？　襲われたのが怖かったんだな？　大丈夫、もう大丈夫だ」

泣き止まない私の様子を見て勘違いしたのか、アスラートが焦りながら慰めてくる。

労るように背中を撫でられるのが気持ち良い。

「アスラート……」

涙に濡れた目でアスラートを見つめる。彼の服をギュッと握った。

困ったようにこちらを見てくるアスラート。その目はとても優しくて、やっぱり全部私のものにしたいと強く思った。

◇◇◇

襲撃者たちを王都の巡回をしていた警備兵たちに引き渡し、城へと帰ってきた。

最後まで私が泣いた理由を勘違いしたままだったアスラートは、心配して自室まで送ろうかと申し出てくれたが断った。

泣いたのは怖かったからではない。自覚していた以上にアスラートに強い気持ちを抱いていたことに気づいてしまったからだ。

そしてそれなら何より先にやらなければならないことがある。

アスラートに尾行したことの謝罪と助けてくれたことへの礼を告げた私は、彼と別れ、一路姉の部屋へと向かった。

「お姉様」

「あら、カタリーナ。乗馬服姿でどうしたの？」

着替えもせず訪ねてきた私に姉は驚いた顔をしたが、すぐに部屋の中に招き入れてくれた。中には三人ほど女官がいる。姉はどうやらひとりお茶会を楽しんでいたらしい。彼女たちはそのために控えていたようだ。

姉が笑顔で言う。

「外に出ていたのなら、小腹が空いたんじゃない？　せっかくだもの。一緒にお茶をしてくれると嬉しいわ。ほら、とりあえず座って」

指し示されたソファに目を向ける。姉の様子はいつも通りで、私の訪問も喜んでくれているようだった。

この姉に、今からライバル宣言をしなければならないのだと思うと心が痛むが……いや、止めよう。

私はアスラートを譲れないと分かったではないか。

昔の私ならともかく、今の私は、自分を殺してまで姉に良い顔をできない。できないと知ってしまった。

「お姉様、ふたりきりで話があります」

「あら」

覚悟を決めて姉を見ると、彼女は目を瞬かせ、小首を傾げた。

「話？　大事な話なの？」

「はい」

「……分かったわ」

私の顔を見て真面目な話だと分かったのか、姉はすぐに女官たちを下げてくれた。

私たち姉妹が彼女たちを下げさせて秘密のお喋りを楽しむのはよくあることなので、女官たちも特に反論することなく頭を下げて退出した。

「で？　話って何かしら。あ、ちゃんと座ってね。立ったまま話すなんて無粋だもの」

「……分かりました」

姉の意向に従い、最初に示された席へと座る。姉も自席に着席した。

「ふふっ、アスラート殿下がいらしてから、こういうことが増えたわね」

姉が笑いながら指摘する。

まさにアスラートの話をしようと思っていたのでドキリとしたが、確かに彼が来てから姉妹で話す機会が増えたと思う。

——ううん、違うわね。私がお姉様を訪ねる機会が増えただけだわ。

アスラートをどう思うのか、彼と近づいても構わないのかと確認するところから始まり、今日は彼のことが好きだと伝える。

以前はもっと色々な話をしていたのに、最近は本当にアスラート関連でしか、姉と話していない。

それだけアスラートという存在が、私の中で大きくなっていたということなのだろう。

「……話というのは、そのアスラートについてです」

後回しにしても仕方ないので、ズバリ告げる。

姉がパチパチと目を瞬かせた。

「アスラート殿下のこと？」

「はい。先日、お姉様はアスラートのことを好きだとおっしゃいました。そのお気持ちに変化はありませんか？」

静かに尋ねる。姉は微笑みながら肯定した。

「ええ。今までとは全然違う感じだけど、間違いなく私はあの方が好きよ。恋しているわ。それがどうかした？」

「そう、ですか」

あっさりと認められ、情けないことに動揺してしまった。

やはり姉はアスラートのことが好きなのだ。

アスラートは、それはないと言っていたが、本人が肯定しているのだ。間違いないだろう。

心臓が早鐘を打っている。それを自覚しながら口を開いた。

「お姉様の気持ちはよく分かりました。その上で言います。私……私もアスラートのことが好きです。お姉様の見合い相手だということは理解しています。でも、どうしても諦められないのです」

正直に己の心の内を述べた。

姉が目を丸くしている。

「カタリーナ……」

「一度は諦めようと思いました。お姉様が幸せになれるのなら、それが何よりだと考えて。でもどうしても諦められなかった。私はあの人のことが好きなんです……」

太股（ふともも）の上で拳を握る。

思わず俯いてしまった私に、姉が問いかけてきた。

「私がアスラート殿下を好きだと知っているのに、諦めてくれないの？　あの方は私の見合い相手としてモルゲンレータに来ているのよ？」

「分かっています」

確認され、頷いた。

そんなこと百も承知だし、だからこそ私は今まで苦しんできたのだ。

「カタリーナはいつだって、私のことを想ってくれたじゃない。私が失恋したら側にいて『男運が

『次こそは良いお相手が見つかるといいですね』って言ってくれた。ようやくまともそうな男に恋をすることができたのに、よりによってカタリーナが邪魔をするの？　私に幸せになって欲しくない？　今までの言葉は全部嘘だったの？」

「……お姉様には幸せになって欲しいと思っています。でも、アスラートのことだけはどうしても諦められなくて……」

心底悲しそうに言われ、胸が痛んだ。

姉から見れば、私の言動は裏切りとしか思えないだろう。

幸せを望んでくれたのは嘘だったのかと思われても仕方ない。

でも、違うのだ。

私は椅子から立ち上がり、姉に言った。

「嘘なんて吐いていません。だから最初は諦めようとした。でも、できなくて、あの人の隣に立つのが私以外なんて絶対に認められなくて……たとえお姉様が相手でも譲れないと思ったんです。私、アスラートを好きな気持ちはお姉様には負けてないっ……！」

「……カタリーナ」

姉がポカンとした顔で私を見つめている。次第にその顔には笑みが広がっていった。

姉が立ち上がり、私の側へとやってくる。

手を握り、ブンブンと上下に振った。

「お姉様……？」

「えらいわ、カタリーナ。よく言えたわね！」

「⁇」

弾んだ声の姉。

妹が同じ人を好きだと言ったのに、どうしてそんな嬉しそうな声が出せるのか。

意味が分からず姉を見た。姉は満面の笑みを浮かべている。

「あなたがそう言ってくれるのを待っていたのよ。私を敵に回しても構わないって。それだけアスラート殿下のことが好きなのよね？　本気であの方のことを愛しているのよね？」

「は、はあ……」

食い気味に確認され、戸惑いつつも肯定した。

姉はうんうんと何度も頷いている。

「一時はどうなることかと思ったけど良かったわ。家族想いのあなたのことだから、いつ私にアスラート殿下を譲ると言い出さないかとヒヤヒヤしたけど、ちゃんと結論が出たのね」

「……お姉様？」

姉が何を言っているのか分からない。

ポカンとする私に姉が言う。

「譲ると言われても困るから良かったわ〜。あの方に嫁ぎたいなんて露ほども思わないし。ある意味私の完全勝利よね。あ、カタリーナ。アスラート殿下からきちんと交際の申し出は受けたの？そういうところしっかりしておかないとダメよ。男は何も言わず話を進めようとするところがあるんだから」

「え、あの……はい。彼からは求婚されていて……」

頭の中に疑問符が山ほど浮かんでいる。それでもなんとか答えた。

姉が顔を輝かせる。

「あ、そうね。そういえば彼もそんな話をしていたわね。で？　義理堅いあなたは、本来の見合い相手である私に話を通してから返事をしようと考えたというところかしら？」

「は、はい、その通りです……」

「カタリーナらしいわね。気にしてくれなくて良いのに。ふふ……私がアスラート殿下を好きだと言ったのに諦めなかったのね。それだけ彼のことを本気で好きになったんでしょうけど、本当に良かったわ」

「あの、お姉様、あの……」

ひとりで納得している姉の服の袖を引っ張る。

こちらは訳が分からないのだ。私にも理解できるよう話して欲しい。

「先ほどから、お姉様は何をおっしゃっているのですか？　私、さっぱり意味が分からなくて」

泣きそうになりながら訴えると、姉は「そうだったわね」と得心したように頷いた。

そうして指を一本、ピッと立てる。

「簡単よ。あなたたちの恋が本物なのか、私自ら身体を張って確かめてあげたってワケ！」

「は？」

「そもそもアスラート殿下って、あなたのことを一目惚れで好きになったみたいじゃない？　でも私、一目惚れってあんまり信用していないのよね。すぐに冷めるというか。邪魔が入ったらもういいってなりそうじゃない？」

「え、はあ、まあ……そういうこともあるかも？　ですかね？」

姉が何を言っているのか分からないと思いながらも、とりあえず同意する。

姉は大きく頷いた。

「でしょ。実体験だから間違いないわ。でね、そうなったら嫌だなって。私の可愛い妹が、あんな男に一時の感情で傷つけられるのは見たくないもの。どちらかというと、私の妹を好きだというのなら、本気度合いを見せてみろってなるわよね」

「⁇」

「あ、もちろんあなたも同じよ。あの王子に流されて付き合う……なんてことにはなって欲しくないわ。付き合うのなら本気で、自分の意思で行って欲しいもの。——だからね、徹底的に邪魔をすることにしたの」

「はあ⁉」

ここ最近で一番の「はあ？」が出た。

一体姉は何を考えているのか。目を見開く私に姉がしたり顔で告げる。

「ふたりの本気を確かめるため、私自身がお邪魔虫になるってこと。最初は放置して様子を見て、ふたりが仲良くなって、良い雰囲気を醸し出し始めたタイミングを見計らって『アスラート殿下が好きなの』と言うの。そうすれば、あなたの『好き』がどの程度か分かるでしょ？　それであなたが退いたら、それはあの男の努力不足。結局あの男は私を超えることはできなかった。所詮、その程度の想いなのねってことよ！」

「……想いなのねって……」

「あなたが私を押し退けてでも、アスラート殿下を得たいのか知りたかったの。そしてあの男には、あなたにそう思わせることができるのか見せて欲しかった。合格。合格よ。あなたはきちんと自分の気持ちを優先させた。私がライバルになってもあの男を譲れないのだと言ってのけたわ。それでこそ私の妹。偉いわ」

「……」

パチパチと拍手をする姉は、本当に感心しているようだった……というか、目に涙が滲んでいる。

「うう……いつまでも可愛い小さな妹だと思っていたら、ちゃんと成長しているのね。私、嬉しいわ……」

幸せにねと涙を拭いながら告げる姉をポカンと見つめることしかできない。

というか、予想外の展開すぎて、姉の言っている言葉がなかなか頭の中に入ってこないのだ。それでもようやく理解し、口を開く。

これだけは確認しなければと思ったからだ。

「……えっと、お姉様はアスラートのことを好きではない？」

「あら、まず聞くのはそこなのね。ええ、その通りよ。私はあの方のことをなんとも思っていません」

「……好きなところとか、具体的に言っていたのに？」

「あんなの適当にでっち上げただけよ。そもそもアスラート殿下とは殆ど交流していないのよね。そんな状態で、人となりを知ることなんてできるわけないじゃない」

「えっ……」

「アスラート殿下はあなたにかかりっきりだったってことよ。それこそ、あなたに会ってからずーっとね。私のことなんて、一瞬も思い出してないんじゃないかしら。私も同じだから別に構わないけど、普通に考えればずいぶんと失礼な話よね。その辺り、カタリーナはどう思う？」

「え、えーと……確かに、あり得ない話、ですね？」

両手に腰を当てた姉に同意を求められ、首を縦に振る。

姉の言うことが事実なら、確かに失礼極まりないと思ったからだ。

見合い相手を完全放置で別の相手を追いかけるなど、普通、してはいけない。

「えっと……」

「そういうわけだから、あなたが心配するようなことは何もないわ。私が彼を好きと言ったのはあなたの反応とその後の行動が見たかっただけで、それ以上の意味はない。分かってくれた？」

姉が私の肩に手を置き、目を合わせてくる。私と同じ色合いの瞳がこちらを見ていた。

「結果として、あなたを悲しませてしまったのは本当に申し訳なかったわ。でも、下手な相手にあなたを託したくなかったの。姉心だと思って許してくれる？」

「……」

いまだ愕然としている私に姉が聞いてくる。

コクリと頷いた……というか、頷くしかなかった。

だって……なんだこれ。

こちらは悲壮な覚悟で姉とライバルになる道を選んだというのに、蓋を開けてみればこの始末。

姉はアスラートのことなんて好きでもなんでもなくて、今までの行動は全部私のためにやったことだと言う。

「……お姉様」

「なあに」

ようやく全部を理解し、姉を呼ぶ。

優しい笑みを浮かべた姉が、返事をしてくれた。その目を見て、告げる。

「私のためを思ってしてくれたことなんですね。ありがとうございます——なんて言うわけないでしょ！　何してくれてるんですか！　私が一体どれだけ悩んだと……！　もう、この馬鹿姉！」

「きゃっ！」

「だって……」

カッと目を見開き叫ぶと、姉は首を竦めた。

「だってじゃありませんよ！　あなたは私だけでなく、結果的にアスラートにも迷惑を掛けたんです。分かってるんですか？」

「大丈夫よ。アスラート殿下には、初日に堂々と言ってやったもの。妹が欲しければ、私を納得させてみろ。徹底的に邪魔をしてやるって」

「は？　はああ？」

「アスラート殿下はそれでいいとおっしゃったわ。だから問題なんてないのよ」

「……」

アスラートも了承していたことだと知り、こめかみを押さえた。

「私、何も聞いていないんですけど」

「口止めしたもの。邪魔をされても本気なら落とせるはず。これくらいの試練、乗り越えられるわよねって言えば一発だったわ」

「お姉様……」

いけしゃあしゃあと言ってのける姉。なんだか頭痛がしてきた。

「そう、そうですか。だからアスラートは何も言わなかったんですね」

「ええ。でも定期的に文句は言われたわ。何をしてくれるって怒鳴り込まれたこともあるし」

「怒鳴り込まれた？」

「つい最近のことよ。プロポーズしたのに断られたって怒られちゃった」

「……ああ」

心当たりがありすぎた。

微妙な顔になった私に姉が言う。

「私に当たられても困るわよね。自分が選んでもらえなかっただけなのに」

「……いえ、さすがにアスラートが可哀想かなと思いますけど」

姉の話を聞いたあとでは、どうしたって彼に同情してしまう。

いや、そもそも私が姉に遠慮しなければ済んだ話なのかもしれないけれど。

どちらにせよ姉の掌（てのひら）の上で好き放題転がされていた感が酷かった。

大きな溜息を吐く。

気を取り直し、姉に向き合った。

「……話は分かりました。お姉様の意図も。それで、お姉様は私たちのことを認めてくれるんですね？」

最後にもう一度だけ確認する。

姉は大きく頷いた。

「ええ。あなたが本心から彼を選んだというのなら、反対する理由はないもの。あ、お兄様には根回ししておいたから心配しないで。どうやらアスラート殿下は私ではなく、カタリーナと結婚したいようで、カタリーナも憎からず思っているようですって。お兄様は、あなたさえ了承している話なら反対する理由はないっておっしゃっていたわ」

「は？」

目が点になった。

「お兄様に……陛下に話した？」

「ええ。見合い相手が替わるんだもの。話を通すのは当然でしょ。あ、ティグリルにも連絡済みよ。どうやらうちの第二王女とそちらのアスラート殿下が良い感じみたいですって。向こうも王子が結婚してくれるのならどちらの王女でも構わないって言っていたわ」

「……」

開いた口がふさがらないとはこういう時に言うのだろうか。

まさか知らない間に、お膳立てされているとは思わなかった。

見合い相手の交代を相手国に伝えているとか、姉には私がアスラートを受け入れる結末が見えていたのだろう。

姉の行動力には驚きだ。

「お姉様」

「私がしてあげられることなんて、これくらいしかないもの。カタリーナ、私の可愛い妹。あなたがいつも私を慰めてくれたこと、忘れない。私もあなたと同じように、あなたの幸せを祈っているって覚えておいてね。愛しているわ」

「……」

柔らかく微笑まれ、堪らず姉の腕の中へと飛び込んだ。

姉は優しく受け止めてくれる。

「お姉様。私も、私もお姉様を愛しています」

「ありがとう。ふふっ、あなたに愛してるって言われたって言ってやったら、あの男どんな顔をするかしら」

「……お姉様ったら」

意地悪い声になったことに気づき、姉を見る。

姉は楽しげに笑っていた。

「幸せになってね」

「はい」

「まだ、あの男に求婚の返事はしていないんでしょう？　ちゃんと言うのよ？」

「はい」

「……ティグリルに嫁いでも、時々は手紙をちょうだい。あちらはモルゲンレータほど平和な国ではないのだから心配よ」

少しの沈黙のあとに続けられた言葉を聞き、涙腺が崩壊する。

私は姉の胸に顔を押しつけ「はい、絶対に書きます」と泣きながら何度も言った。

グズグズに泣いたあと、顔を洗わせてもらった。
目が真っ赤で、このままの状態では外に出られないと思ったからだ。
姉のもとを辞去し、自室に戻る。

一度着替えて、化粧を整えて、それからアスラートに返事をしようと思っていた。

「……」

用意したのは青色のドレスだ。

アスラートの瞳の色を意識している。あと、ナギニも青色の瞳だったからというのもあった。

青というのは私にとってどこまでも特別な色なのだ。靴も青いセパレート・パンプスを用意した。

「アスラートはどこにいるのかしら」

準備を済ませたあと部屋を訪ねてみたが、いたのは護衛のふたりだけだった。

どうやら散歩に出掛けたとのこと。

入れ違いになったようで残念だったが、城内にはいるとのことで探してみようと思った。

城内をくまなく歩いたあと、庭へ向かう。

いくつもある庭園、そのひとつである季節の花が咲いている通称『花の庭園』と呼ばれる場所にやってきた。

ここは出入りが自由な広い庭園で、人で賑わうことも多い場所だ。

奥にはあまり知られていないが遅咲きの薔薇もある。

「あら」

薔薇が咲いている場所に足を伸ばしてみると、アスラートの姿が見えた。

彼は楽しげに真っ赤な薔薇を眺めている。

他に人はいないようだ。

「アスラート」

「ああ、カタリーナか」

声を掛ければ、アスラートはすぐに私に気づいてくれた。

その側へ行く。

「探したわ」

「悪い。少し気分転換がしたくてな。……モルゲンレータの庭は落ち着く。昔と変わらない姿が気持ちを落ち着かせてくれるんだ」

「分かるわ」

モルゲンレータの庭は、どこも百年前と変わらない。

あの頃と変わらない景色を見ていると、気持ちがとても安らぐのだ。

「この庭も昔、よく来た。……お前と一緒に」

「ええ、覚えてる」

薔薇に目をやりながら答える。アスラートが私に言った。

「もう良いのか？」

「何が？」

きょとんと彼を見る。アスラートは私の目を見ながら言った。

「泣いていただろう。ずいぶんと思い詰めた顔をしていたからずっと気になっていたんだ」

「そのことなら大丈夫。もう解決したから」

姉との対決を悲壮な覚悟で決意していたことを指摘され、苦笑する。

そんな私をアスラートはじっと見つめてきた。

「……嘘ではないだろうな」

「嘘を吐いてどうするのよ。それとも私が嘘を吐いているように見えるの？」

「いいや」

小さく笑い、アスラートが薔薇に目を向ける。

「嘘を吐いているようには見えない。だがお前は昔から隠し事が上手かったから。よくそれで騙されるた」

「一国の宰相が王女に騙されるって、今考えると全然ダメな話よね」

「惚れた女が相手なんだ。仕方ないだろう」

さらりと『惚れた女』と言われ、顔が赤くなる。

アスラートは赤い薔薇に手を伸ばしていた。

「――覚えているか？　プロポーズは百合園でしたが、告白はこの場所でしたこと」

「……ええ」

アスラートの問いかけに答える。

もちろん覚えている。

アスラート……いや、ナギニに告白されたのはまさに今立っているこの場所だった。

昨日のことのように思い出せる。

「あなたに呼び出されたのよね」

「ああ、せっかくなら綺麗な場所で告白した方がお前も喜ぶだろうと思ってな。やってきたお前は何故かビクついていたが」

その時のことを思い出し、クスリと笑う。

そういえば、そんなこともあった。

私は最初、ナギニのことが苦手だったのだ。

やり手の宰相。誰に対しても敬語で話すくせに、その言葉はどこか刺々(とげとげ)しく、優秀なのは確かだけど、敵も多い。

そんな彼を私はいつの間にか好きになっていたけれど、自分が好かれているとは露ほども思わなかった。

呼び出された時は『もっと王女としてしっかりして下さい』的なお小言でも言われるのかと本気で疑っていたくらいだ。

「好かれていると思わなかったから、てっきり何かしらで怒られると思っていたの」

「なるほど。こちらとしては、分かりやすいくらい好意を示していたつもりだったから、何故怯えられているのか不思議だった。実際、告白も断られたしな」

「……あったわね」

揶揄うように言われ、口を噤む。

呼び出された場所に来た私にナギニは「好きだ」と言ってくれた。だけど私はその言葉を信じられなかったのだ。

昔の私は今よりずっと卑屈で後ろ向きだった。

彼の好意を素直に受け入れられるようになったのも、告白を受け入れてかなり経ってからだったように思う。

「あなたが私を好きだなんて信じられなかったのよ。優しくはしてもらっていたけど、それは王女だからだって思うようにしていたし」

「あんなに分かりやすく特別扱いしていたのに!?」

驚いたように言われ、頷いた。

確かにナギニは、私に対し、色々な特別扱いをしてくれていた。

出張のお土産(みやげ)だと言ってお菓子をくれたり、誕生日にはプレゼントだってくれたりした。

会えば優しく話し掛け、引き籠もり気味だった私を連れ出したのも彼だった。

気に掛けてくれていたのは知っていたし、だからこそ私は彼を好きになったのだけれど。

「……思い上がってはいけないって思ったのよね。あなたの厚意を勘違いしないようにしようって結構大変だったのよ」

「むしろ気づいて欲しくてこちらは必死だったんだぞ!?」

「知らないって」

昔を思い出しながら話す。

昔も今もどちらも彼。前世から好きで、今も好きでもどちらでも良いじゃないかと開き直ったことが良かったのだろう。

以前より、前世のことを話すのが楽しかった。

穏やかな気持ちで会話することができる。

「だから、告白された時は疑ったのよね。もしかしてお父様に命じられて、告白してきたんじゃないかって」

「は？」

目を見開かれたが、実際そう思ったのだから仕方ないではないか。

当時、父は私を誰に嫁がせようかかなり悩んでいた。

内気で大人しい私を誰に任せればいいのか、心配してくれていたのだ。

そんな私をナギニになら任せられると踏んだのではないか。

国王である父から命じられれば、宰相であるナギニは断れない。

本当は好きではないのに、好きだと言ったのだと、私はそう受け取った。

「だから、それなら私が断ってあげればいいと思って」

「……お前のその無意味な自己犠牲精神はなんとかならなかったのか」

「今世ではそんなこと思わないわよ？　……思い出した直後はちょっと引き摺られてたし、それを否定はしないけど」

ここ最近の後ろ向き思考を思い出し、苦笑いをする。

本当に、大分前世の『ヒルデ』に引き摺られていた。

気づかないうちに『カタリーナ』ならしない考え方をしていたのだ。気づけたのは、決して自分の力ではない。

アスラートが指摘してくれたからだ。

「好きな人が、好きでもないのに告白してくるとかどんな罰ゲームって思ったわよね」

「信じてもらえるまでに三度告白した。ようやく受け入れてくれた時は嬉しさより安堵が勝ったぞ」

「そんなこともあったわ」

本当に私が好きなのだと理解した三度目の告白は、今も記憶に強く残っている。

それこそ天にも昇る心地だったのだ。

だって好きな人に好きになってもらえるなんて思ってもみなかったから。

「……今世のお前は、何度告白すれば振り向いてくれるのだろうな？」

「っ……！」

アスラートの声音が変わった。

薔薇を見ていたはずのアスラートがいつの間にか私を見ている。

「アスラート……」

「前世のお前も面倒臭かったが、今世のお前はそれに輪を掛けて面倒臭い。いくら言っても信じないのではなく、自分以外の女と幸せになれと言うのだからな」

「それは……」

思わず俯く。自らの罪を突きつけられたようで苦しかった。

そして自分でも思った。

なんて面倒な女なのかと。

こんな女、いくら好きでも冷めてしまうのではないか。私なら「もういい」と放置する。

「……」

「まあ、それでも好きなのだから仕方ないが」

「っ……！」

ハッとして、顔を上げる。アスラートが苦笑していた。

「惚れた弱みというのは本当だな。いくら面倒でも投げ出そうとは思えない。信じてくれないのなら信じてくれるまで何度だって告白すれば良い。オレはそう考える」

「……だいぶ、物好きよね」

「否定はしない」

「私なら、もういいかって好きになるのを止めるわ」

「残念ながら、そんな生温い惚れ方はしていないのでな。それくらいで嫌いになれるなら苦労はしない」

「趣味、悪いわね」

「前世からだからな。今更だ」

さらりと返された。アスラートは私を見ている。そうしてゆっくりと口を開いた。

「なんと言われようと、オレはお前が好きだ。愛している。欲しいのはお前だけだ」

目を見張る。

アスラートは笑っていた。

「お前がオレを拒絶したいのなら、いくらでもすればいい。そんなことでオレは諦めたりしないから。お前が頷いてくれるまで何度だって求婚するし、頷いてくれるまで退いたりしない。だから、オレのことは気にするな。オレは好きにやるからお前も好きにすればいい。納得できるまで、いくらでも断れば良いんだ」

「アスラート……」

じんわりと優しいものが胸の中に広がっていくような気がした。

アスラートは前世の私も今世の私も、全部受け入れようとしてくれている。

それが分かり、どうしようもなく嬉しかった。

——私はこんなにも彼を傷つけたのに。

真っ直ぐに愛を伝えてくれた彼を妙な屁理屈で拒絶し続け、しまいには自分以外の女と幸せになれなんて言った。

酷い話だ。

私が彼なら見限っているだろう。でも彼はそうではないのだ。

こんな私でも構わないと、私が良いのだと言ってくれる。

懐の深い男。

それは前世からで、今世の彼も持ち合わせている美点だった。

――もう、十分だわ。

これ以上、望むものはない。

いい加減、私も伝えるべきだ。

受け身でいるのは終わりにして、自分から行動を起こす時。

そう思っていると、アスラートが更に言った。

「前世から面倒臭いお前に付き合ってきたんだ。今更、放り出したりはしない。ただ、お前の望む、姉との結婚は叶えてやれないがな。お前以外を嫁にしたいと思わないのだから当然だ」

「……私だって、あなたの隣に私以外が立つなんて嫌よ」

何か返さなければ。そう思う前に勝手に言葉が出た。

アスラートが大きく目を見張る。

「カタリーナ……？」

「あ……」

思わず口元を押さえた。

言わなくてはとは思っていたが、無意識に口に出てしまうとは考えもしなかったのだ。

でも、これはチャンスだ。

私がアスラートに己の気持ちを伝えることができる、絶好のチャンス。

だから私は口を開く。

これ以上、アスラートを待たせない。そう決めたから。

「別に驚くようなことじゃないでしょ。前世からあなたのことが好きだったんだから。そりゃあ、今のあなたはナギニではないけれど、ずっと想ってきたのは本当だもの。今更他の誰かに譲りたいなんて思うはずないじゃない」

「……」

アスラートが真意を探るような目で私を見てくる。

いきなり今までとは正反対のことを言い出したのだ。疑われるのも当然だろう。

勇気を振り絞り、彼に言った。

「……今までごめんなさい。私、あなたのことが好きだわ。前世もだけど、今世も。ナギニもアスラートもどちらのあなたも愛してる」

精一杯の気持ちを込めて伝える。

アスラートはじっと私を見つめていたが、やがて大きく息を吐き出した。

「もう、姉のところへ行け、なんて言わないな?」

「言わないわ。だって行って欲しくなんてないもの」

「前世に囚われているとか言っていたのは?」

「……前世も今世も同じ自分だし、囚われているという考えが馬鹿らしい。変わらず好きなんだから良いじゃないかって結論を出したの」

「今までと百八十度違う方針だな」

私の結論を聞いたアスラートが呆れたように言う。それに私も真顔で頷いた。

「そうよね。私もそう思う。でも、どちらかというと、この考え方をする方が今の私だったりするの」

「ほう?」

興味深いという顔をされた。

「今まではその……さっきも言ったけど、どうも無自覚に前世に引っ張られていたみたいで、そちらの性格が強く出ていたようなのよ。本来の私はわりと考えなしというか、出たとこ勝負というか、難しく考えるのが好きじゃないというか、そんな感じなの」

「面倒臭い女であることに違いはなさそうだが」

「……うっ」

グサリと言葉が胸に突き刺さるが否定できない。

「ま、まあ、そうよね」

「だが、ようやくオレの言葉を受け入れてくれる気になったのだろう?」

「……あ」

アスラートが柔らかく告げる。その声音は優しく、何故か無性に泣きたくなった。

彼が手を差し出す。その手に私は自分の手を乗せた。

「カタリーナ」

「……」

「お前の気持ちを、もう一度聞かせてくれ。オレの耳が都合の良い幻聴を聞いたのではないと、お前のその口で教えて欲しいのだ」

「……私はアスラートが好き。あなたと一緒にいたいと思っているわ」

「そう、か」

「きゃっ⁉」

乗せていた手を掴まれ、引き寄せられた。思いきり抱きしめられる。

「アスラート……」

「カタリーナ、愛している」

「私もあなたが好き」

「オレの国へ一緒に来てくれるか。オレはもう、お前と一瞬たりとて離れたくないんだ」

告げられた言葉を理解し、目を見開く。

彼からのプロポーズはこれで三度目。

正確にはもっと多いかもしれないけれど、はっきり求婚された回数としては三度目で間違っていないと思う。

「……前回と違って、今回はプロポーズが三回なのね」

「告白は数え切れないくらいしたしな。それで？　お前の答えは？」

私の答えなど分かっているのだろう。

アスラートの声は明るく、私も笑ってしまった。

三度目のプロポーズ。

なんだろう。私たちは『三』という数字に縁があるのだろうか。

前回も三度目を喜びの中受け入れたし、今回もそういう意味では同じ。

過去二回のプロポーズとは違い、幸せな気持ちしかなかった。

「私って本当に面倒臭い女なのね。前世では三回告白されないと受けなかったし、今世でも三回プロポーズされないと受けないんだから。でも——」

顔を上げ、アスラートを見つめる。

その頬に口づけをした。

「諦めないでくれてありがとう。あなたが諦めないでいてくれたからヒルデはあなたの想いを信じられたし、カタリーナは喜びの中、あなたの求婚を受け入れられるの。待たせてしまったけど、プロポーズ、お受けします。私をあなたの国へ連れていって。もう離れたくないのは私も一緒だもの。どこにだってついていくわ」

「カタリーナ……！」

息が止まるほどの強い抱擁が私を襲った。

アスラートの喜びが抱きしめられた腕越しに伝わってきて、なんだか泣きたくなってしまった。

「アスラート……」

瞳に涙の膜が張る。アスラートが顎に手を掛け、持ち上げた。

それが何を意味しているのか、分からないはずがない。

アスラートの顔が近づいてくる。私は目を閉じ、彼の唇が己のものに触れるのを待った。

「全く、お前の面倒臭さには驚かされたぞ。まさか生まれ変わったらそれに拍車が掛かっていると
は思わなかった」
「もう、アスラートってばしつこいわよ」
手を繋ぎながら、薔薇の咲く庭園を歩く。
ようやく想いを通じ合わせ、結婚の約束もしたのだ。気持ちは今までになく高まり、前世以来の
ラブラブ気分。
少しくらいイチャイチャしたいという気持ちが双方にあったこともあり、自然と庭園お散歩デー
トへと切り替わった。
結果的には、私がひとりグルグルと悩んでいただけなのだけれど、その悩みも今は綺麗さっぱり
なくなった。
晴れやかな気持ちで、アスラートの隣にいられることが嬉しくて仕方ない。
「空の青さも薔薇の美しさも全てが私たちを祝福しているように感じる……！」
「……お前のその切り替えの早さはなんなんだ。本当に、前世とは似ても似つかないな」
「ふふ、これが本当の私。今までは色々しがらみがあったし、前世にずいぶんと影響を受けていた
からね。これからは今の私を全開で出していくわ。気に入らないって言われても聞き入れるつもり

はないからそこのところ宜しく」

にっこり笑って告げると、彼には呆れた顔をされた。

「今更そんなことを言うはずがないだろう。ようやく捕まえたというのに。ああでも、無駄に時間が掛かったのはお前が面倒だったこともあるが、あの姉姫のせいもあるな」

「姉姫って……ああ、そういえばお姉様、言っていたわね。徹底的に邪魔をしたって」

「ん？　なんだ。知っているのか？」

アスラートが意外そうな顔になる。

「ええ、さっき聞いたの」

「ほう？　オレには散々妹には秘密にしろと言っていたくせにあの女、本当に良い度胸だな」

「もう良いって思ったんじゃない？　だって本当についさっきの話だもの。お姉様に『アスラートが好きだから、お姉様には譲れない』って言いに行ったのよね。そしたらネタばらしをされたというか……」

「……なるほど。お前が自分の望む言葉を言ったことで満足したのか」

「たぶん。『よく言えたわ』って褒められたもの」

「……あのクソ女。妹に対してまでそのスタンスなのか」

心底ドン引きしたという顔をするアスラート。気持ちは分からなくもないが、クソ女は言いすぎではないだろうか。

「お姉様のことを酷く言わないで」

「言いたくもなる」

「そうかもしれないけど、私のことを想ってしてくれたことだから」

「そうだな。オレのことはどうでもいいというスタンスを終始崩さなかったな」

「……えっと……ごめんなさい」

確かにそんな感じだったなと思ったので、姉の代わりに謝った。

仕切り直すように咳払い(せきばら)いをする。

「それで……えーっと……その、お姉様があなたのことを好きって話だけど、あの話自体、お姉様の作戦だったのね。私があなたのことを本気で好きか確かめたかったからだって聞いたわ。あと、あなたの気持ちが一時的なものでないかも確かめたかったって」

私の言葉に、アスラートは苦々しい顔をしながら頷いた。

「そうだな。記憶を取り戻してお前を追いかけたすぐあとから立ちはだかってきたな」

「立ちはだかったって」

「両手を腰に当てて、文字通り立ちはだかってきたぞ。どこの魔王かと思った」

「魔王……」

いくらなんでも言いすぎではないだろうか。だがアスラートは真顔で言った。

「いや、あれは魔王だろう。人の恋路を笑いながら邪魔できる女だ。お前に求婚を断られた時、一度乗り込んでやったんだが『自分が好きにさせられなかったのを私のせいにしないで』とばかりに思いきり鼻で笑われた。……男運がないとかいう話だが、自業自得なのではないか？」

「……お姉様は穏やかで優しい人よ。とっても素敵な方なの」

「穏やか？　心底楽しそうに高笑いしてくる女が？」

「……」

そういう場面を見たことはないが、簡単に想像はできたので黙ってしまった。

だって、さっき私にネタばらしをした姉はとっても楽しそうだったし。

きっと悪役さながらな感じで、アスラートの前に立ちはだかったのだろう。

「ま、まあ、そういうこともあるかもしれないわ。人は見かけによらないって言うし」

「見かけだけなら前世のお前に似ているのにな」

「ふふっ、確かにね」

それは私も認めるところだ。姉のほっそりとした頼りなげな外見は、前世の私とよく似ている。

「でも、あなたはお姉様を好きにはならないんでしょう？」

「当たり前だ。あんなおっかない女を好きになるはずがない。それにオレは見かけでお前を好きになったわけではないからな」

「……ええ。それは私も一緒」

昔も今も彼の外見は目を見張るものがあるが、私が惚れたのは彼の中身だ。

私を見つめる時の優しい瞳。触れる時にまるで壊れ物を扱うかの如く大切にしてくれるところ。

自分の意見をすぐに引っ込めてしまう私に根気よく付き合い、くみ上げてくれようとするところ。

そういうところに惚れたのだ。

そしてその部分は、今も変わらない。

薔薇が咲く庭をゆっくりと歩く。

アスラートと話すのは楽しく、いくら時間があっても足りない。

途中、庭園を移動し、別の庭を散歩した。

とはいえ、夕方になればさすがに散歩も終わりだ。

もっと一緒にいたいけど、これ以上は難しい。

「……離れるのが寂しいわ」

つい本音を零すと、アスラートも頷いた。

「そうだな。オレももっとお前と一緒にいたい」

ギュッと手を握られ、同じように握り返す。

額同士をコツンと当て、目を瞑った。

アスラートが言う。

「部屋に戻ったら、父に手紙を書く。お前を迎えたいという話だ。元々、見合いで来ているのだから結婚することに反対はされないと思うが――」

「あ、それは大丈夫みたいよ。お姉様がすでに根回しを終わらせているって言っていたわ。そちらの国王陛下からも了承を頂いているって」

「はあ？」

アスラートが目を丸くした。

「あの女、そんなことまでしていたのか？」

「ええ。私たちを試しつつ、お兄様とティグリル国王に働きかけていたと聞いたわ」

「……」

アスラートが絶句している。そんな彼に笑いながら言った。

「ね、お姉様は素敵な方でしょう？」

「……否定したいところだが、今の話を聞いたあとでは違うとも言い難いな」

「たぶん、誰よりも私たちのことを考えてくれているのがお姉様なのよ」

「……そのようだ」

ふてくされた顔をしつつもアスラートは同意した。

認めたくないが仕方ないという表情は、複雑怪奇極まりない。

「それなら、報告するだけでいいのか。だが、さすがに帰国時のタイミングではお前を連れ帰れないだろうな。迎える準備もあるだろうし」

「それはそうよね」

何も用意ができていないところに『一緒に来ました』ができないのはさすがに分かる。

婚約と結婚の触れを出して、準備を整えて。

私が彼の国へ行けるのは、最低でも半年は掛かるだろう。

「……遠いわね」

「仕方ない。これから先、ずっと一緒にいるためだと思えば我慢もできるだろう」

「分かってる。でも……」

ようやくなんの憂いもなく恋人として過ごせるようになったというのに、あと少しでお別れになるとか信じたくないのだ。

しかもそのあと、半年くらいは会えないなんて。

とはいえ、凹(へこ)んでいても仕方ない。アスラートが帰国するまでまだ少し時間はある。

それまで可能な限り一緒に過ごして、思い出を作れば良いではないか。

——そうよね。

気を取り直す。切り替えの早いところが今の私の良いところなのだ。

私はにっこり笑うと、アスラートに言った。

「ね、それならデートしましょう?」

「デート?」

「ええ」

目を瞬かせるアスラートに頷いてみせる。

「あなたはもうすぐ帰国してしまう。仕方のないことだけど、しばらく会えないわ。だからそれならできるだけ思い出を作っておかないかと思って。とりあえずはデート。前にチョコレートフェスに行ったのもデートといえばデートだけど、あの時は素直に楽しめなかったもの。今度は思いきり楽しみたいなって」

提案すると、アスラートは大きく頷いた。

「デートか。悪くないな」

「でしょ」

「どこへ行く？」

「あなたと一緒ならどこでもと言いたいところだけど、そうね。やっぱり王都を見て回るのが良いんじゃないかしら。私も半年後にはこの国を離れるわけだし、ふたりで今の王都を巡って覚えておきたいなって思うの」

前世からずっといたモルゲンレータを離れるのだ。この国のことを覚えておきたいし、その思い出にアスラートがいればもっと良いものになるのではないかと思うから。

それに、前回はチョコレートフェスだけで、他を見せてあげられなかった。

「良いな」

「昔は国が荒れていて、王都を巡るようなのんびりデートなんてできなかったしね。百年経って、昔できなかったデートをするというのもなかなかいいと思うわ」

「平和になった王都を百年経って巡る、か。いいコンセプトだ」

「でしょ。せっかくだもの。私の好きなものも色々見せてあげる。今の私の好みをあなたにも知ってもらいたいなって思うから」

「それは楽しみだ」

アスラートが柔らかく微笑む。私の提案を喜んでくれているのが分かり、嬉しくなった。

「日程だけど、私の方が合わせられるから、あなたの空いている時間を教えて」

「帰国準備があるから、直前は拙い。明日……いや、明後日なら問題ないが、どうだ？」

「明後日ね。大丈夫」

善は急げとばかりにサクサクと日程を決めていく。

恋人となったアスラートとデート。

彼が帰国してしまうのは悲しいし、私自身色々と考えることはあるけれど、楽しい思い出を作れるのは嬉しいから、今は素直に明後日を楽しみにしようと思った。

第六章　これが今の私なの

アスラートとデートの約束をして二日後。

幸いにも天気は良く、絶好のデート日和となった。

ある意味、初デート。格好には気合いを入れた。

人の目を惹くような服ではないが、お気に入りのワンピースを選んだし、靴は一週間前に届いたばかりの新品をおろしている。

茶色いショートブーツで、五センチほどヒールがある。靴擦れの心配もあったが、何度か足を突っ込んでみたので大丈夫だろう。

今日のデートのために、この二日間、様々なプランを考えた。流れによっては少々揉めたりする可能性もあるけど、最終的に、ふたりが納得できる楽しいデートになればいいなと思う。

「っと、もうこんな時間」

鏡の前で最終チェックをしていると、出発予定時間が近づいていた。

城門前で待ち合わせをしているので、約束の十分前に行く。

それなりに余裕を持ったつもりだったのだけれど、待ち合わせ場所ではすでにアスラートが待っていた。

シャツにジャケットというよくあるスタイルだが、かなりお洒落に見える。

ジャケットの形と色が良いのだろう。細身のパンツも足長効果があり、いつもよりスタイリッシュに見えた。

私に気づいた彼が、軽く手を振っている。

「カタリーナ」

「ご、ごめんなさい。まさかもういるとは思わなくて」

遅刻でなくとも、待たせたのは事実だ。慌てて彼の側に駆け寄ると、壁に背を預けていたアスラートは身体を起こしながら言った。

「大丈夫だ。そんなには待っていない」

「そんなにって」

一体、何分前からいたのかものすごく気になるところだ。

来ていると知っていたら、もっと早く出てきたのに。

「気にしなくて良い。お前を待つ時間も楽しかったからな。それに、昔から早めに行動する癖があって、どうしても早く来てしまう。それはお前も知っているだろう？」

「……そういえば」

彼がナギニだった頃のことを思い出し、頷く。

わりとナギニはせっかちなところがあったのだ。待ち合わせでどんなに早めに行っても、いつも勝てなかった。

「……思い出したわ。まさか今のあなたも同じだったとは」

「これは前世を思い出してからだな。思い出す前は、時間ぴったりに行動するタイプだった」

「それで良かったのに」

「そう言われても、落ち着かなくなってしまったのだから仕方ない」

肩を竦め、アスラートが笑う。

「それに、お前を待たせるような真似はしたくなかったんだ。ひとりで待たせて、よからぬ輩に話し掛けられたらと思うと、どうしてもな」

「それってナンパされるってこと？　……でも私、王女よ？　そんな人いないと思うけど」

自国の王女と分かって、ナンパする馬鹿はさすがに存在しないと思う。

だが、アスラートは懐疑的だった。

「話し掛けられないにしても、やましい目で見てくる者がいないとも限らないだろう」

「いないって」

「お前は自分がどれだけ魅力的なのか分かっていない」

ムッとした顔で言われる。

それがあまりにも不満そうで、どうしてそんな顔をされるのかと思ったが、そこでようやく気がついた。

「ね、ねえ、それってもしかしなくても独占欲かしら？」

もしそうだとしたらすごく嬉しい。

期待してアスラートを見る。彼は苦虫を噛み潰したような顔で肯定した。

「それ以外の何がある」

「やっぱりそうなんだ。嬉しい。でも、もしそんなことになったら、アスラートが助けてくれるんでしょう？　それはそれで経験してみたい気もするわね」

想像してみる。

声を掛けられた私に、アスラートが近寄ってきて『オレの女に何をしている』的な感じで追い返してくれるのだろうか。

——う、うわああ。

それはちょっとどころではないくらいに楽しそうだ。

助けられた己を想像し、ニマニマ笑っていると、アスラートが呆れたように言った。

「お前な……」

「え、でも、楽しそうじゃない」

「オレは全く楽しくないし、だいたい嬉しいと言われるとは思わなかった」

「そう？　好きな人に独占欲を持たれるってすごく幸せなことだと思うけど」

毎回はどうかと思うが、数回くらいなら経験してみたい。

はしゃぐ私を見たアスラートが溜息を吐いた。

「……一昨日から素直すぎて、気持ち悪いな」

「失礼ね。これが本来の私だって言ったでしょ。今日は徹底的に、今の私を見せてあげるつもりだから覚悟して。その……昨日も言ったけど、昔だけでなく今の私のこともたくさん知って欲しいから。あなたのことだってもっと知りたい。そう思ったのだけれどダメ、かしら」

上目遣いで尋ねる。アスラートは驚いたように目を瞬かせたが、すぐに首を横に振った。

「ダメなはずがない。そうだな。オレもお前に今のオレを知ってもらいたいし、お前のことを知りたいと思う」

「ありがとう」

賛同を得ることができ、ホッとした。

アスラートが手を差し出してくる。

「そろそろ行くか。オレは今の王都をよくは知らない。お前が案内してくれるのだろう？」

「ええ、もちろん」

差し出された手を握る。

すぐにアスラートが「違う」と言った。意味が分からず、首を傾げる。

「違う？　何が？」

「せっかくデートなんだ。恋人同士ならこういう手の繋ぎ方をするのが正解だろう？」

「っ……！」

指と指を絡められ、ボッと顔が赤くなった。

確かに恋人同士ならあり……というかむしろこちらの方が正しいのかもしれないが、ヒルデ時代にはしなかったことなので、どうしようもなく照れてしまう。

「あっ、あっ、あの……」

「どうした。嫌か？」

「い、嫌とかじゃなくて……」

ただ、恥ずかしいのだ。

キスだってしたはずなのに、指を絡める方が恥ずかしいとかどういうことだろうか。

でも、恋人らしいことをされて、すごく嬉しく思っている自分がいるのも確かだった。

「す、すごい。最初から恋人モード全開じゃない。その、あなたもナギニより愛情表現が素直だったりするの？」

「さあ、どうだろうな。お前はどちらの方がいい？」

意味ありげにアスラートが笑う。

試されていると感じたが、嫌な気持ちにはならなかった。正直な想いを告げる。

「……その、恥ずかしいけど、今の方が嬉しいなって思うわ」

顔を赤くしながら言うと、アスラートは動揺した。

「っ……。お前、その顔は反則だぞ」

彼の顔も、私につられるように赤くなっている。

思わず笑うと、彼はさっと身を屈(かが)め、頬に口付けてきた。

「えっ……」

「可愛かったからな。まあ……衝動的にやってしまったわけだが」

「……」

更に顔が赤くなった気がした。触れられた場所が熱い。

「も、もう……アスラートってば」

「嫌だったか？」

「そ、そんなわけないでしょ。う、嬉しかったわよ」

「っ！　そ、そうか」

羞恥に悶(もだ)えながらも正直に伝えると、彼は照れくさそうにそっぽを向いた。

沈黙が流れる。それは初々しい恋人同士が醸し出すどこか甘さが漂うもので、嬉しいのになんだかとても逃げ出したい心地になった。

◇◇◇

もだもだとしたやり取りをしつつも、なんとかふたり、王城を出た。

王都の大通りを歩く。

今日のデートに護衛はつけていない。

王都の中心街ならかなり安全だし、警備の兵も巡回しているからだ。

チョコレートフェスのような人混みになるとさすがに連れていかないわけにはいかないが、普通に人が歩いているくらいなら、大丈夫。

アスラートもできればふたりきりで出掛けたいと思ってくれていたのだろう。

護衛はなしでも平気かと尋ねると即座に「置いていく」という答えが返ってきた。

彼の護衛であるミツバとヨツバも、帰国の準備で忙しいとかで、特別反対はしなかった。

彼らが反対しなかったのは主君が「来るな」と命じたからかもしれないけれど。

あと、こっそり彼らには、万が一のことがあっても心配しなくていいと言っておいた。

アスラートには秘密にしているが、実は私には秘密兵器があり、このこともあって護衛なしでの行動が許されているのだ。

私の秘密兵器のことを聞いたヨツバは「それは……襲ってきた敵の方が気の毒な感じですね」と複雑な顔をしていたが、おかげで主君が安全だと信じてくれたようだ。

こうして堂々とふたりきりのデートを実現した私たちは大通りを歩きつつ、まずは通り沿いにある店を手当たり次第に覗くというウィンドウショッピングを楽しんだ。

店頭に飾られた商品はひとりで見るのも良いものだが、ふたりだとより楽しい。

「ねえ、このストール素敵ね。長めのマフラーとして使っても良いかもしれないわ」

毛織物の店のウィンドウにストールが飾られていることに気づいて、アスラートに話し掛ける。

アスラートも私の話に乗ってくれた。

「確かに質の良さそうなストールだが……お前にはもう少し明るい色の方が似合うと思うぞ」

「そうかしら。あ、でもアスラートって、白とか似合いそうよね」

ああでもない、こうでもないと話すのは、たとえ買う予定がなくとも楽しいものだ。

大通りは大勢の人で賑わっていたが、私たちに気づいている人は殆どいない。

皆、他人のことまで気にしていないのだ。

たまに私だと分かる人がいても、視線を送ればなんとなく察して離れてくれる。

あちこちの店のウィンドウを覗いていると、さすがに飽きてきたのかアスラートが聞いてきた。

「お前が楽しいのなら構わないが、どこか店に入るつもりはないのか？」

「あるけど、あとで良いかなって。アスラートにはまず、王都の今の雰囲気をしっかり味わってもらいたいなと思ったから、あえてウィンドウショッピングを選んだんだけど」

百年前と今では街の様相はずいぶんと違う。

チョコレートフェスの時は、街を見るような時間は殆どなかったから、まずはここでじっくりと時間を取りたかった。

「退屈になってきたのなら、移動するけど」

「退屈なわけではない。確かに歩いていると、街の変化を認識できるし、感慨深い気持ちになる」

「思わず比べちゃったりね。大通りだって、以前はこんなに整備されていなかったわ」

昔のことを思い出しながら言うと、アスラートも同意した。

「そうだな。宰相業をしていると城から出ることも多いのだが、いつも思っていた。政局がもう少し安定したら、道路の整備を急ぎたい、と」

「馬車に乗ると、お尻が痛くて大変だったものね」

笑いながら話す。アスラートが大きく頷いた。

「全くだ。その時のことを思えば、今は素晴らしいな」

綺麗に舗装された大通りをふたりで見つめる。

広い道を馬車が走っていく。両サイドの歩道も広く、そちらは大勢の人々が行き交っていた。

露店を出しているところもあるが、それでも道幅には余裕がある。

「歩道もなかったものね」

「おかげで馬車と人との事故が絶えなかった。今は車道と歩道が分かれているから、だいぶマシなのではないか？」

「昔よりはマシよ。でも、残念ながらゼロにはならないわね。相変わらず、事故はそれなりの頻度で発生しているわ」

歩行者が車道に飛び出すということもあるのだ。

道を分けたからといって、事故がなくなるわけではない。

アスラートも納得したように頷いていた。

「そうだろうな。その辺りはうちの国でも同じだ。しかし、こうなるとナギニとしての記憶を思い出したのはラッキーだったな。宰相として生きていた頃の知識は、今後国を治めるオレの力になる」

「百年前の知識でも参考になるの？」

「もちろんだ。歴史を学ぶことに意味があるのと同じ。それに、土台がしっかりしている方が、新たな知識も吸収しやすいだろう？」

「確かにその通りね……」

納得し、深く頷いていると、アスラートがしまったという顔をしながら言った。

「この話題はやめよう。せっかくのデートだというのに雰囲気が堅くなる」

私も彼の言葉を聞いてハッとした。

「そ、そうね。デートっぽくないわ」

「オレたちはもっと素直に楽しむ必要があるとは思わないか。カタリーナ、お前が行きたい店があればそこに向かおう。オレはお前の楽しむ顔が見たい。好きなものを見せてくれるのだろう？」

「そのつもりよ」

自分の発言は覚えている。返事をすると、アスラートが笑った。

「実は何を見せてくれるのかと、わりと楽しみにしていたんだ」

「そうなの？　ええと、私、靴が好きなんだけど」

「靴？」

「ええ。王家御用達（ごようたし）の店から仕入れているのとは別に、たまに町に出た際に自分でも買っているの」

アスラートに説明する。

私の靴好きはかなりのもので、衣装部屋とは別に靴部屋があると言えば分かるだろうか。

歩きやすい靴からヒールの高い靴まで、色々なものを取り揃えている。

「季節ごとに新作が出るんだけど、つい買ってしまうのよね。トレンドは毎年変わっていくから、やっぱり流行のものが欲しくなるの」

「お前が靴好きだなんて初めて知った。ヒルデの頃からそうだったのか？」

「それが全然。ヒルデの頃は、身につけるものに興味なんてなかったもの」

引っ込み思案な王女だった頃のことを思い出す。

ナギニと付き合うようになってからは多少外に出ることも覚えたけど、基本、城の自分の部屋にいたのが私なのだ。

出てもせいぜい庭くらい。

そんな私が靴に興味なんて抱くだろうか。

「今世の私は以前とは違って活動的だからかしら。自分の身につけるものに拘(こだわ)りがあるの。その中でも特に拘っているのが靴。これ、小さい頃からなのよね」

五歳くらいにはもう、靴に興味を示していた。それが今日まで続いている。

「ドレスを着ると、あまり靴は見えないんだけど、それでも歩くと分かるじゃない。その時に綺麗なラインだとテンションが上がるのよ」

「オレには理解できない話だが、お前が楽しそうなのはよく分かった」

「ふふ、趣味があるって良いわよ」

知ってはもらいたいが、理解して欲しいとは思わないので、そう締めくくる。

アスラートが「それなら」と言った。

「靴屋に行ってみるか。どうせ、行きつけの靴屋があるのだろう？」

「ええ。あとで案内しようと思っていたわ。今からでいいの？」

「ああ。お前の好きな靴がどんなものか、興味があるからな」

「っ！　任せて！　案内するわ！」

己の『好き』を肯定されたことが嬉しくて、声が弾む。

王都にある靴屋は全部網羅しているが、その中でも一番のお気に入りの店へ連れていくことにする。

その店は今歩いている大通り沿いから少し外れた場所にあるのだけれど、常に最新の流行を取り入れていることもあり、外に出るたびに寄っていた。

「たぶん、そろそろ新作のハイヒールが出るはずなのよね」

アスラートの手を引きながら、店に向かう。

自分から言い出した話ではあるが、己の好きなものを知ってもらえることは、とても嬉しい。

十分ほど歩き、店に着く。

『エメラルドガーデン』という店名が掲げられている。ドアノブにオープンの札が掛けられていることを確認して、扉を開けた。

「こんにちは」

「いらっしゃいませ。おや、カタリーナ様ではありませんか」

「ええ、ちょっと寄らせてもらったわ」

挨拶しながら店に入る。

五十代くらいの女性がニコニコしながらやってきた。この『エメラルドガーデン』の店主エメラルドさんだ。

夫婦で店を経営しているが、夫は靴職人なので殆ど店頭には出てこない。

ふたりの馴れ初めは、靴好きのエメラルドさんが彼の作る靴に惚れて、工房に通い詰めるうちに彼自身にも惚れた……というよくある話である。

その後、彼女に押し負ける形で結婚した彼は、勤めていた工房を辞め、独立して夫婦で店を出したのだけれど、オープンして二年後くらいに私が店を発見したのだ。

たまたま入っただけの店。完全に偶然だった。だが、その店には私好みの靴がわんさか並んでいた。

以来、このエメラルドガーデンは、私が王都で一番推す靴屋となっている。

「良い時に来られましたね。ちょうど昨夜、カタリーナ様がお待ちになっていた品が完成したんですよ」

「えっ、本当に⁉」

「はい、主人の自信作です！」

エメラルドさんの言葉に目を輝かせる。私に続いて入ってきたアスラートが首を傾げた。

「なんの話だ？」

「前から頼んでいた靴が完成したって話。すごく足が綺麗に見えるヒールなの。色は赤で、華やかなのよね」

ウキウキしながら答える。

エメラルドさんが「お連れ様ですか？」と聞いてきた。

「ええ、そうなの。彼はその……恋人で」

まだ正式に婚約が交わされたわけではないので、恋人と告げる。

エメラルドさんが目を丸くした。

「恋人ですか！　カタリーナ様にもついに春が来たんですね」

「ま、まあ……」

ゴニョゴニョと誤魔化す。

恋人と言うくらいなら構わないが、それ以上詳しい話になると話せない。

あまりこの話題に触れて欲しくないなと思っていると、察してくれたのか、エメラルドさんはさらりと話題を変えてくれた。

「それではお靴を持って参りますね。よろしければ、恋人さんの靴も見ていって下さい。カタリーナ様はあまり興味がなかったようですが、当店は男性ものの靴も取り扱っておりますので」

「！　そうね。それはいいかもしれないわ」

確かに今まで男性ものの靴に興味はなかったが、アスラートが履くと考えれば、俄然（がぜん）興味が湧いてくる。

彼ならどんな靴が似合うだろう。

私の選んだ靴を履いてくれたらきっと楽しいだろうなと思えた。

「ではごゆっくり」

エメラルドさんが店の裏に消える。

私はエメラルドさんとの会話中、ずっと黙っていたアスラートに話し掛けた。

「ねえ、アスラートはどんな靴が好きなの？」

「……靴？　履ければなんでもいいが」

「嘘でしょ⁉」

返ってきた答えに目を剝いた。

「なんでもいいって、そんなことある⁉」

「お前みたいな拘りはないだけだ。今の格好もヨツバが整えてくれたしな」

「……確かに彼ならそういうこともできそうだけど……ええ？　好みとかあるでしょう？」

「ない」

「ないんだ……」

一刀両断され、戦いた。

そして決意する。

これは何が何でもアスラートのための一足を選ばなくては、と。

私は真剣に彼に聞いた。

「アスラート。私が選んだ靴を履いてくれる？」

「それは構わないが……今の靴ではダメか？」

「ダメではないけど、拘りがないのなら私が選んだものを履いて欲しいって思ったの。男性用の靴はあまり詳しくないけど、アスラートに似合うかどうかくらいは判別できると思うから」

「お前がそうしたいというのなら構わないが……」

「ありがとう！」

アスラートの手を握り、感謝を告げる。

早速店内を見回した。

私がいつも見ているコーナーの反対側。そこに男性用の靴があった。

「……アスラートならブーツ系が良いかしらね。チャッカ・ブーツとか？　フォーマルに適していると思わないけど、モンク・シューズも良いわね。ああでも、ブローグも悪くないわ」

どれもアスラートに似合いそうだ。

とはいえ、店内にある全ての靴に足を入れてもらうわけにもいかない。

悩んでいると、アスラートが変な顔をして聞いてきた。

「……悪いがお前が何を言っているのか理解できない。……呪文か？」

「靴の種類とか形の話をしているのよ！」

呪文とは何事だ。

カッと目を見開き告げると、アスラートは引き攣った笑みを浮かべた。

「そ、そうか……」

「そこからなのね。……まあ良いわ。私が最高の靴を選ぶから」

これはいけないと吟味を重ねる。最初は十足くらい見ていたが、最終的に五足まで絞った。

「ふう。……アスラート、とりあえず五足まで絞ったから履いてみてくれる？」

「は？　五足も⁉　そんなに試す必要があるか⁉」

「あるに決まってるでしょ。いいから早く」

「……分かった」

ギョッとしていたアスラートだったが、私の顔を見て諦めたように頷く。

これは何を言っても聞かないやつだと悟ったらしい。非常に正しい見解だ。

「靴屋に行こうと言い出したのはオレだしな。付き合えるだけ付き合うさ」

「さっすが。じゃ、そこの椅子に座って。試し履きをするための椅子だから」

座ったアスラートに、ささっと靴を差し出す。

アスラートは全てを諦めた顔で靴を履いた。

最初に履いてもらったのは、バイモラル。

紐で留めるタイプの革靴だ。

色は茶色。アスラートに似合うかなと思ったのだ。

「……どうだ？」

「似合う！　最高！」

靴を履いたアスラートが立ち上がる。上品なデザインのバイモラルは彼にとてもよく似合っていた。

このまま履いて帰って欲しいくらいだ。

「めちゃくちゃ似合うじゃない。じゃあ、次。私の本命、ブローグを」

「ブロ？　それはどれだ？　オレには正直、どれも同じに見えるんだが」

「全然違うけど⁉　まず形からして違うじゃない！　それがどうして同じだなんて話になるの！」

「興味がないからではないか？」

「……その通りだわ」

冷静に返され、無駄に熱くなっていた思考が冷えた。

確かにアスラートの言う通りだ。

彼は靴に興味がないのだから、全部一緒に見えて当然……いや、やはり当然ということはないな。

同じだなんて、靴に対する冒瀆(ぼうとく)だ。

「ま、まあいいわ。次よ」

「真剣だな」

「当然」

即座に頷くと、アスラートは複雑そうな顔をした。

「……デート中の買い物。イチャイチャできるかと期待したオレが馬鹿だったたか」

「イチャイチャはしたいけど、それとこれとは別でしょ！」

「別なものか」

「別よ。靴を選ぶんだもの。そこは真剣にやらなきゃ」

「靴屋を選んだことが失敗だったたな」

「そう？　私は嬉しかったけど。あなたの靴を選べるなんて、なかなかできないことだと思うから」

思ったままを告げる。

アスラートは違うかもしれないが、私は十分楽しんでいるのだ。

好きな人の靴を選ぶなんて、最高のデートイベントではないか。

にっこり笑うと、アスラートがふっと口元を緩めた。

「……その笑顔が見られたから良しとするか」

「え？」

「お前の笑顔だ。実に良い顔をしている」

「……」

「ヒルデの時にはなかなか見られなかったからな。やはり好きな女性の笑顔はいいものだ」

「も、もう……」

いきなり告げられた言葉に照れる。

誤魔化すように口を開いた。

「わ、分かったから、次の靴を履いてよ」

「それでお前が笑ってくれるのならそうしよう。愛しい女性の願いだからな」

「だから今はそういうのは要らないのに……」

言いながらも声が小さくなっていく。代わりに頬が熱くなった。

エメラルドさんはまだ戻ってこない。

店内は他に客もいなくてふたりきりだ。

なんだか今、こうしていることが、急に恥ずかしくなってきた。

「……ばか」

小さく告げ、靴を差し出す。

アスラートは「それは光栄だ」と意味深な笑みを浮かべながら、私の薦めた靴に足を入れた。

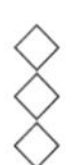

「お待たせしました！」

エメラルドさんが戻ってきたのは、それから十分ほどしてからだった。

普段彼女は、そんなに待たせたりはしない。

たぶん、気を利かせてふたりきりにしてくれたのだろう。

その気遣いが逆に恥ずかしかった。

「お待ちの品です」

「わあ……」

ピンヒールの靴が差し出される。

高さ八センチはある赤い靴は、見事に私の好みど真ん中だった。

スラッとしたポインテッド・トゥの形が美しい。

「すごく綺麗だわ……」

「カタリーナ様ならきっと美しく履きこなして下さると思いますよ。どうぞ」

おそるおそる靴を履く。

高めのヒールは、立ち方や歩き方にも気を遣う。

両足に赤いハイヒールを履いた私は立ち上がり、姿見を見た。

「やっぱり足が綺麗に見えるわね。素敵だわ」

赤い靴は自己主張が強かったが、それ以上に美しかった。踵(かかと)の部分にリボンがあしらわれている。

後ろで見ていたアスラートが口を開いた。

「確かによく似合っているな」

「本当⁉」

褒めてもらえたのが嬉しくて、振り返る。

アスラートは頷き、足下を見た。

「ああ、まるでお前のために作られた靴のようだ」

「カタリーナ様のためというのは間違っていませんね。何せ、ほぼオーダーメイドで作らせていただきましたから」

「そうか。良い腕だ」

「ありがとうございます。夫に伝えますね」

エメラルドさんが笑顔で応える。

私はといえば、喜びに打ち震えていた。

彼に似合っていると言われたのが、思っていた以上に心にキたのだ。

——う、嬉しい。

自分の好きなものを褒めてもらえるってなんて素敵なことなんだろう。

すっかりテンションが上がってしまった私は、意気揚々とエメラルドさんに告げた。

「エメラルドさん。この靴、履いていきます！」

「えっ……今からですか？」

「はい」

「でも……ピンヒールですよ？　デート中なんですよね？　動き回るには適していないと思いますけど」

「う……でも」

エメラルドさんの指摘はその通りだったが、諦めたくない。だって。

「せっかくアスラートが褒めてくれたのに」

しょぼんとしつつも告げる。

話を聞いていたアスラートが緩く首を横に振った。

「やめておけ」

「アスラート……」

「似合っているとは思うが、無理をして欲しいわけではない。その靴なら夜会なんかに映えるのではないか？　今度、一緒に夜会に出た時にでも履いてくれ」

「……一緒に夜会？　でもアスラート、もうすぐ帰っちゃうじゃない」

「帰国前に夜会が開かれるだろう。そこで披露すればいい」

「あ、そうか……」

アスラートの言葉を聞き、腑に落ちる。

彼が帰国する前日の夜、夜会が開かれることが決まっているのだ。

そこで私とアスラートの婚約発表をすると、兄からは言われている。

つまり私とアスラートが正式な婚約者になる日なのだ。

婚約者ならエスコート相手になるのは当然だし、ダンスだって踊れるだろう。

その際にこの靴を披露するというのは悪くない。

「……そうする」

納得し頷くと、アスラートがポンと頭を撫でてきた。

「ああ。オレに自慢させてくれ。この誰よりも美しい女はもうオレのものなのだと」

「……任せておいて」

そんな風に言われたら、気合いを入れるしかないではないか。

結論が出たと思ったのか、エメラルドさんが声を掛けてきた。

「それではこちらのお品は王城にお届けいたしましょうか？」

「ええ、そうして。それと彼の靴、これを貰いたいんだけど」

アスラートが最初に試し履きしてくれた靴を指さす。

五足履いてもらった結果、最初のものが一番良かったという結論に達したのだ。

「承知いたしました。こちらはこのまま履いていかれますか？」

「……そうだな。そうしようか」

アスラートが私に視線を向けながら答える。

どうやら期待しているのがバレたようだ。

「いいの？」

「別に歩きにくい感じでもないし、ひとつくらいお前の望みも叶えてやりたいからな。オレが靴を履くだけで喜んでくれるのなら安いものだ」

「ありがとう……！」

「礼は必要ない。オレがしたかっただけだ」

「っ！」

甘い視線に顔が赤くなる。

にこりと微笑まれ、心臓が胸から飛び出すかと思った。

ドキドキしていると、アスラートが言った。

「先ほどの靴もこの靴も支払いはオレがする」

「え……？」

予想外の言葉に驚きを隠せないでいると、アスラートは優しい顔で告げた。

「夜会ではオレのためにドレスアップしてくれるのだろう？　それに恋人にはドレスを贈るものだ。時間もないからそれは難しいが、せめて靴くらいは贈らせて欲しい」

「アスラート……」

「オレが贈った靴を履いてくれるか？」

「も、もちろんよ……」

コクコクと何度も首を縦に振る。

まさかこんなことを言ってくれるなんて思いもしなかったから驚きだ。でもそれ以上に嬉しくて、何故か涙が溢れてくる。

「ふふ……嬉しい」

泣きながらも笑うと、アスラートは私を抱き寄せた。唇を寄せ、額に口づけが落とされる。

なんだかすごく幸せな気分だ。

彼の目を見つめる。

後ろの方から「見ない振り、見ない振り」という声が聞こえたような気がしたが、せっかくの良い気分が台無しになるのは嫌だったので、私も同じように『聞こえなかった振り』を貫いた。

靴屋で買い物を終えた私たちは、次の店へと向かった。

目的地は眼鏡店だ。

それは何故かというと、先ほどアスラートが「そういえば、そろそろ新しい眼鏡を新調しなければな」と言っているのが聞こえたから。

私は知らなかったが、どうやら彼は仕事中だけは眼鏡を掛ける派だそうで、それを聞いた私は思わず「眼鏡も選びたい！　選ばせて！」と食い気味に叫んでしまった。

でも仕方ないと思う。

何せナギニは眼鏡を掛けていたのだ。そして秘密だったが、実は今世の私には眼鏡萌(も)えという性癖もあった。

そんな私が食いつかないはずがなく、アスラートは呆れつつも了承してくれたというわけだった。

「お前が眼鏡好きだったとは知らなかったな」

「眼鏡好きというか萌えというか。でもたぶん、前世の影響だと思うの。ほら、ナギニってずっと眼鏡を掛けていたでしょう。眼鏡も込みで彼のことが好きだったから、今の私は眼鏡萌えなのかなって」

「なるほどな」

「なので、アスラートの眼鏡姿も見たいの。好きな人の普段は見せない眼鏡姿。絶対に萌えると思うから」

拳を握りながら告げると、アスラートは呆れ顔をした。

「お前、本当に色々と残念になったな。深層の姫といえばお前と思うほどだったのに」

「う……分かってる。でもだからこそ、知って欲しいって言ったのよ。その、あとで思っていたのと違うって言われても困るもの」

「大丈夫だ。今のお転婆なお前も好きだと思っているからな」

「そ、そう。それなら良いんだけど」

悩むことなく返され、声にはしなかったが、心底ホッとした。

ここで「あまりにも違いすぎる。やはり婚約はなかったことに」なんて言われたらどうしようと、心密かに思っていたからである。

どうやら大丈夫そうで安心した。

——そう、そうよね。私だって今のアスラートを愛しているもの。

昔のナギニも今のアスラートも、どちらも大事で大好きだというのが私の出した結論で、彼も同じだと信じている。

だから心配する必要なんてないのだ。

……分かっていてもやってしまうのが恋心というものだけど。

「あ、眼鏡店を見つけたわ」

話していると、大通り沿いに眼鏡店を見つけた。

アスラートと一緒に中に入る。

店内には私たちの他にひと組客がいて、小柄な女性店員が対応していた。

私たちを見て、部屋の奥に向かって叫ぶ。

「店長！　お客様がお見えになりました！　接客中なので、新しいお客様の方をお願いしますね！」

「……おう」

呼ばれて出てきたのは、熊のような大柄な男性だった。

無精髭（ひげ）があり、非常に厳（いか）つく見える。

「いらっしゃい」

声も低く、威嚇しているように聞こえるが、たぶん気のせいなのだろう。

彼は私たちを見て尋ねてきた。

「どっちの眼鏡を見に来たんだ？」

「あ、あの、彼の眼鏡を……」

「兄ちゃんの方か。ふうん、その顔ならこっちの棚にある眼鏡が似合うんじゃないか？」

どうやら私が誰なのか気づかなかったみたいだ。

アスラートを『兄ちゃん』と言ってのけた店長は、店内のとある一角に私たちを案内した。

「この辺りの眼鏡ならいいんじゃないか？」

「……ありがとうございます」

案内されたコーナーを見ると、色々な形の眼鏡が置かれていた。

太い縁ありの眼鏡もあれば、縁なしのものもある。フレームの色も豊富で、選ぶのに時間が掛かりそうだ。

眼鏡を手に取り、呟く。

「ウェリントンにオーバルタイプ……色々あるのね。でもオーバルは似合わないかしら。ねえ、アスラートはいつもどんな眼鏡を掛けているの？」

ある程度候補を絞りたいという気持ちで尋ねると、アスラートは眼鏡をざっと見回し、サーモントと呼ばれる上部のみにフレームがある眼鏡を指さした。

「今、仕事で使っているのは、これに近い形だな」

「へえ、似合いそうね。アスラートは今使っているのと同じタイプの方が良い？」

「いや、特に拘りはない。お前が好きなもので構わない」

「そう？　……なら」

眼鏡をひとつずつ確認する。せっかくなので、アスラートに協力してもらい、全部掛けてもらった。

どれもそれなりに似合う。だけどその中でひとつ、妙に見覚えのある眼鏡を見つけた。

スクエアと呼ばれる長方形の眼鏡だ。

「……これ」

眼鏡を手に取り、まじまじと見つめる。

黒フレームの眼鏡は、前世でナギニが掛けていたものとよく似ていた。

それに気づき、懐かしい気持ちになっていると、アスラートが言う。

「そういえば、昔はそんな感じの眼鏡だったたな」

「そうよね。懐かしいわ……」

感慨深い気持ちで眼鏡を見つめていると、アスラートがひょいと取り上げた。

「貸してみろ」

「えっ……」

アスラートが黒縁眼鏡を掛ける。

彼の端整な顔に、スクエアタイプの眼鏡はよく似合っていた。

なんというか、すごく真面目そうに見えるし、顔のタイプは違うが、在りし日のナギニのことも思い出した。

目を細め、告げる。

「似合うわ」

「そうか。ならこれを買っていこう。店主、これを貰う」

「えっ……？」

さらりと告げられた言葉に目を見開く。

「いいの？　もっとちゃんと見なくて」

「オレにとってはどれもそう変わらない。だが、この眼鏡を掛けた時、お前がどこか懐かしそうな顔をしたからな。ナギニを思い出すのだろう？」

「そ、それはそう……だけど」

思い出されてアスラートは嫌ではないのだろうか。

昔があるから今があるという結論を出しはしたが、それでも終わった過去にしがみ付かれるのは愉快ではないと思うのだ。なのに、わざわざ思い出させるようなものを選ぶなんて。

「別にオレは気にしない。それに、お前がナギニではなくオレ自身を見ていることは知っているからな。それなら多少のサービスはしてやっても良いんではないかと思ったんだ」

「サービスって」

「自覚がなかったのなら教えてやるが、相当嬉しそうにしていたぞ」

「ええっ⁉」

頬に手を当てる。

覚えがなさすぎて驚いたが、嘘を言われているわけではないのはなんとなく分かった。

だって実際、ナギニのことを思い出していたわけだし。

アスラートが茶目っ気たっぷりに聞いてくる。

「オレの眼鏡姿がそんなに気に入ったのか？」

「え、ええ。その……普段のあなたとは違う雰囲気で、似合うなって思ったわ」

「そうか。それなら尚のこと、この眼鏡を買わないとな。お前が見蕩れてくれたものを買わない理由はないから」

「み、見蕩れたって……」

「違うのか？」

「違わない……」

実際、素敵だなと思って見つめていたので否定はできなかった。

蚊の鳴くような声で返事をする。

アスラートは楽しげに笑い「正直でいい」と言ったあと、再度店主に購入意思を告げた。

「良い買い物ができたな」

揃って眼鏡店を後にする。

アスラートは手に紙袋を持っている。先ほどの眼鏡店のものだ。

度数を合わせるのもすぐにできたので、そのまま貰ってきた。

軽いものだし、手荷物としても邪魔にはならない。

「よく似合っていたもの。また掛けているところが見たいわ」

眼鏡姿を思い出して告げると、アスラートが手提げ袋を持ち上げた。

「そうだな。これから仕事中はこの眼鏡を掛けるようにするから、その時なら」

あくまで仕事用の眼鏡だと告げるアスラートに頷く。

だが、と思った。

「考えてみたら、私はしばらくその姿を見られないのよね。とても残念だわ」

眼鏡姿で働く彼を見ようと思ったら、アスラートの国へ行かねばならない。

だが、その予定はしばらく先。

最低でも半年は掛かるのだ。お楽しみを半年先までお預けされたような気持ちになった。

「仕方ないことだけど遠いわ……」

「準備に追われているうちにあっという間に過ぎるさ。早く会いたいのはオレも同じだ。そうできるように頑張ろう」

「そうね。あ、そろそろ休憩とお昼ご飯を兼ねて、カフェに入りたいんだけどどうかしら」

買い物をしているうちに、お昼の時間になっていたのだ。

まだ一度も休憩していないしと思いながらも提案すると、アスラートは頷いてくれた。

「そうだな。ちょうど小腹も空いてきた頃だ」

「良かった。じゃ、店に行きましょう。お勧めのカフェがあるのよ」

「ほう?」

アスラートの手を引き、店へと案内する。

私が彼を連れてきたのは、ガレットと紅茶が有名なオープンカフェだ。

一度行ってみたいと前から密かに狙っていた。

「ひとりで入る勇気はなくて。でもアスラートと一緒なら大丈夫だから」

「ガレットはオレも嫌いじゃない。楽しみだな」

「ね」

話しているうちに目的の店に辿り着く。

一番混む時間をちょうど過ぎた頃だったのか、運良く並ばず入ることができた。

本当は予約するつもりだったのだけれど、行く時間が読めないと思ったので諦めたのだ。

並ばなくて済んで本当に良かった。

テラス席に案内され、メニュー表を見る。

看板メニューのガレットは八種類あり、どれも美味しそうだった。

デザートセットというものにすれば、食後のお茶とデザートがついてくるとあり、それを選ぼうと思ったが、アスラートから指摘が入った。

「甘いものは得意ではないのだろう？　デザートは大丈夫なのか？」

「量が多いのがキツイだけ。それにせっかくならデザートも食べてみたいわ。ここ、ケーキも有名なのよね」

「ほう？」

「アスラートもデザートセットにするでしょ？　甘いもの、得意みたいだし」

「そうだな」

悩みつつも注文するものを決め、店員を呼ぶ。

店員は慣れた感じで注文を聞くと、厨房に入っていった。

しばらくして、サラダとスープが運ばれてくる。ガレットを注文するとオマケとしてついてくるのだ。

「頂きます。あ、美味しい」

スープを一口飲み、笑顔になる。

スープはブロッコリーの冷製スープだったが、歩き回ったあとだからか、とても美味しく感じられた。サラダも野菜がシャキシャキとして食べやすい。

「カタリーナ」

美味しいなと思いながら食べていると、アスラートが名前を呼んだ。

「何？」

「鼻の下にスープがついてる。髭みたいだぞ」

「うそっ」

指摘され、慌ててナフキンで鼻の下を拭った。

気をつけていたつもりだが、いつの間にかついていたらしい。

王女としても情けない限りだ。

「うう……恥ずかしいわ。指摘してくれてありがとう」

言われなければ気づかなかった。そう思いお礼を言うと、アスラートは笑って言った。

「いや、なかなか可愛らしくて見ている分には楽しかった」

「他人事（ひとごと）だものね。気を抜きすぎていたのかしら。気をつけなくっちゃ。でも、ここのスープ、美味しかったのよね」

「確かに」

「お待たせいたしました。ホウレンソウとベーコンと玉子のガレットです」

アスラートと話していると、メインのガレットがやってきた。

食欲をそそる匂いに笑顔になる。

「こっちも美味しそうだわ。頂きます」

いそいそとガレットを切り分け、口元に運ぶ。

パリッとしたガレットは美味しく、ホウレンソウとベーコンの相性も最高だった。

「美味しい〜！」

思わず頬に手を当てる。アスラートも同感なのか、何度も頷いている。

「さすが行列のできる店は違うわね。最高。玉子もとろっとしていて良い感じだわ〜」

ニコニコで食べ進める。

一度来てみたいと思っていたが、思った以上に良い店だった。

国を出る前に、できればもう一度来たい。今度は姉を連れてくるのはどうだろうか。

そんなことを考えていると、アスラートがじっとこちらを見ていることに気がついた。

「アスラート？」

「あ、いや、お前の食べる顔が可愛いなと思って、つい見蕩れてしまった」

「えっ……」

言われた言葉にドキッとした。

顔を赤くし、アスラートを見つめる。彼は優しく笑い、私に言った。

「お前があまりにも幸せそうに食べるから、つい、な。そんなに気に入ったのか？」

「え、ええ。すごく好みの味だったわ」

「それは良かった」

くすりと笑い、食事を再開させるアスラート。

なんとなくだけど、すぐさま食事に戻る気にはなれず、彼を見た。

王族として教育を受けているから当たり前なのだろうけど、すごく綺麗に食べている。

「……綺麗」

思わず告げると、アスラートの食べる手が止まった。私を見る。

「なんだ？　今度はお前がオレを見ていたのか？」

「そういうつもりはなかったんだけど、つい。アスラートって綺麗に食べるのねって。ああでも、ナギニも食べ方がとても綺麗な人だったわ」

彼とお茶をした時のことを思い出す。

公爵家当主というだけあり、彼は全ての動きが洗練されていたのだ。

懐かしく思っていると、アスラートも言った。

「お前も、昔と変わらない。甘いものを食べている時の顔とさっきガレットを食べている時の顔は同じだった」

「え、そう？」

「ああ。チョコレートを食べていた時のお前を思い出したぞ。昔からオレはお前のその顔を見るのが好きだった。お前の幸せそうな笑顔は、仕事で荒(すさ)んだ心を癒やしてくれたものだ」

心底愛おしげに言われ、なんだかとても優しい気持ちになった。その気持ちのまま告げる。

「……お互い、意外と変わっていないところがあるのよね」

「そのようだ」

「今を見て欲しいって思っていたけど、昔のことを話すのも悪くないって思ったわ」

「せっかく同じ思い出を有しているんだ。懐かしむのもいいんじゃないか」

「そうよね」

全くもってアスラートの言う通りだ。

その後、デザートとしてチョコレートケーキが運ばれてきた。食後の紅茶と共に食べ、ひと息つくと、一時間半ほどが経過していた。

「もうこんな時間？　まだ三十分くらいしか経っていないと思っていたわ」

「楽しい時はあっという間だというが本当だな。混んできたみたいだし、そろそろ出るか」

「ええ、そうね」

並んでいる人たちがいることには気づいていた。

食べ終わったのなら出るべきだろう。

「オレが支払う」

「……ありがとう」

立ち上がると、さっと伝票を奪われた。断っても聞いてくれないのは分かっているので、素直にお礼を言う。

「ごちそうさまでした」

店を出たあとにもう一度告げると、アスラートは「オレも楽しい時間を過ごさせてもらったから」と優しく言い、私の手を握った。

そういうことをさらりと言えてしまうのが、今のアスラートで、昔のナギニとは違うところだ。

ナギニは優しい人ではあったが、甘い台詞を連発してくれるタイプではなかったので。

「私、アスラートの方が好きだわ」

「ん？」

アスラートが私を見る。

「どういう意味だ？」

「単に私はナギニよりアスラートの方が好みってだけよ」

「そうなのか？」

「ええ。今のあなたはわりとオレ様な性格で、でも照れることなく真っ直ぐ好意を示してくれる。そういうのが今の私には嬉しく思えるの」

「……そうか」

虚を衝かれたかのような顔をしたアスラートだったが、すぐに笑顔になる。

そうして「そんな風に言ってもらえるのは思ったよりも嬉しいことだな」と言ったのだった。

「そろそろお城に戻った方が良さそうよね」

街を散策していると、日が陰ってきた。

時間を確かめれば、夕方に差し掛かろうかという頃。

あまり遅くなれば皆が心配する。その前に帰った方が良いだろうと思った。

「そうだな。ミツバたちも気にするだろう」

アスラートも私の意見には賛成のようで、自然と城のある方向に足を向ける。

今日のデート、朝からずっと一緒に過ごしてきたわけだが、今のアスラートを更によく知ることができて良かったと思う。

好意を真っ直ぐに告げてくれる彼に、ますます気持ちが惹きつけられた。

「あとは、帰国前日の夜会があるくらいね……」

アスラートの帰国日は近い。それまでにまた今日のようなデートができれば嬉しいが、それは難しいだろう。

色々予定が詰まっているのは知っている。

モルゲンレータでのデートは今日が最初で最後。アスラートの国へ行ったら、今度は彼の国を案内して欲しいと思う。

「アスラートの国の王都ってどんな感じなのかしら」

行ったことがないので聞いてみる。アスラートは少し考えるような仕草をしたが、すぐに言った。

「モルゲンレータほど栄えているわけではないが、過ごしやすい国だぞ。内乱状態だったが、今回のことで父が腰を上げ、良からぬことを考えていた者たちは一掃されたと聞いたしな。これからもっと良くなっていくだろう」

「今回のって……あの暗殺未遂事件のこと？」

少し前の出来事を思い出しながら告げると、アスラートは頷いた。

「そうだ。実行犯の口を割らせることに成功したからな。そこから芋づる式に片付けることができたんだ」

「国王陛下は平和主義者だって聞いたけど」

慎重に尋ねる。アスラートは頷いた。

「そうだな。だがさすがに息子の命を狙われて黙ってはいられなかったらしい。良かったんじゃないか？　いざという時は手を下せる国王だと理解させておけば、逆らうのは得策ではないと思うだろう。大人しくしているうちはこちらも手を出しはしないしな」

「そのまま何も起こさなければ目を瞑るし、そうでなければ今度こそ捕らえるってこと？」

「そうだ」

「……アスラートの国、平和になると良いわね」

「なるさ。あと、他人事のように言うのはやめろ。そのうちお前の国になる」

「っ！　そうね。気をつけるわ。ごめんなさい」

指摘され、ハッとした。

確かに彼の言う通りだ。

私はモルゲンレータの王女ではあるが、彼に嫁ぐ身。ティグリル王家の一員となる私が他人事ではいけない。

心から反省してアスラートに謝ると、彼も「分かってくれればいい」と言ってくれた。

「私、ティグリルへ行くまでの間、国について勉強するわ」

王太子妃となる女が、国のことを何も知りませんではまずいだろう。

幸い、半年ほどの時間がある。その間、しっかりティグリルのことを学ぼう。そう決意していると、突然物陰から五人ほどの男が飛び出してきた。

「え……！」

黒い目出し帽を被った男たちが、私たちを取り囲む。

周囲には少ないが通行人もいて、彼らを見た人たちが悲鳴を上げた。

「きゃあ‼」

「なんだ……！　何が起こっているんだ！」

「知るか。とにかく逃げろ！」

人々が蜘蛛(くも)の子を散らすように逃げていく。

目出し帽を被った男たちは彼らには目もくれず、私たちを逃がすまいとしている。

アスラートが私を庇いながら舌打ちをした。

「……残党がまだいたのか。全部片付けたと思ったのだがな」

「残党？」

「オレの暗殺を企んでいた者たちの残党だな。計画の首謀者は捕まえたが、まだ捕らえられていない者たちがいたようだ。こいつらはその者たちの命令で来たのだろう」

「え、それって……アスラートの命を狙ってたってこと？」

「そうだ。それか前回襲ってきた奴らの残党が、逆恨みでオレを狙いに来たかだが……どちらにしてもまずいな。今日は武器を持ってきていない」

アスラートが己の腰に目を向ける。

デートだということと、王都の治安が良いこともあって、武器の類いは持ってきていないのだ。

「万事休す、か」

軽い口調ではあるが、彼の額に冷や汗が滲んでいる。

武器もなく、大勢の敵を相手にする危険を彼も分かっているのだろう。しかも戦えない私が側にいるのだ。

なんとか私を逃がしたい。彼の顔にはそう書いてあって、絶体絶命のピンチであることが伝わってくる。

アスラートが私を己の後ろに庇いながら告げる。

「オレが奴らの気を引く。その隙にお前は逃げろ」

「嫌よ」

「は？」

アスラートが驚いたように私を見る。私は彼の目を真っ直ぐ見つめ、厳しく返した。

「嫌だって言ったの。だって私だけ逃げたって意味はないでしょ」

「意味はなくない。お前はモルゲンレータの王女だ。オレの国の問題にお前を巻き込むわけには――」

「何言ってるのよ。さっき他人事にするなと言ったのはアスラートでしょ！」

「それとこれとは別問題だ！　オレは二度とお前を失いたくないんだ！」

アスラートが声を荒らげる。その気持ちは嬉しいが、私も同じだということを忘れてもらっては困る。

だから言った。

「大丈夫よ。心配しないで。――私のアスラートに手出しなんてさせるものですか」

敵を睨み付け、胸元から笛を引っ張り出す。

これは今日、私がずっと首から下げていたものだ。可愛くないので服の下に入れて見えないようにしていた。

アスラートが困惑を隠せない声で言う。

「笛？」

「ええそう。でもこれ、普通の笛じゃないの。いえ、普通の笛といえばそうかもなんだけど、まあ見ててよ」

口に笛を咥（くわ）える。躊躇（ちゅうちょ）せず、思いきり鳴らした。

――ピーッ!!

空気を切り裂くような甲高い音が辺り一帯に鳴り響く。普通の笛とは違う少々特殊な音色だ。突然の大きな音に、私たちを取り囲んでいた男たちが動揺した。

「な、なんだ……」

「どうして笛なんて……」

アスラートも私が何をしているのか分からないようで、ただ目を見開いている。

「お前……何を……」

「姫様ーっ‼」

皆が動揺している中、兵士が駆けつけてきた。

ひとりやふたりではない。総勢、十人以上はいる。

現れた兵士たちを見て、アスラートがますます大きく目を見開く。

「これは……」

「この者たちを捕らえて！」

兵士たちに命令を下す。

突然の兵士たちの出現に驚いたのはアスラートだけではなく、私たちを襲ってきた男たちも同じだったようで、殆ど勝負にならず、程なくして全員が捕らえられた。

「姫様。くせ者を捕らえました」

兵士たちの隊長が私の前で膝をつく。私は頷き、彼に言った。

「ありがとう。お兄様に伝えてくれるかしら。例の残党の可能性があるって。それで分かってくれると思うから。頼める？」

「承知いたしました」

「あと、そうね。もし、ティグリルから来ているミツバとヨツバが情報提供を求めてきたら応じてあげて。私が許します」

「はっ！　――王城に戻るぞ！」

敬礼し、隊長が兵士たちに命令を下す。兵士たちは捕らえた男たちを連れ、引き揚げていった。

それを見送ってから、アスラートを振り返る。

「こんな感じで大丈夫だったかしら。一応、ミツバたちの邪魔はしないように言っておいたけど」

「あ、ああ」

狐につままれたような顔でアスラートが頷いた。

そんな彼に私は首から下げていた笛を持ち上げてみせる。

「これ、すっごく遠くまで聞こえる特殊な音が鳴る笛なの。鳴らせば、すぐに兵士たちがやってくるわ。あの音は『王女に何らかの危険が迫っている。今すぐ急行せよ』という意味なの」

「……自衛で持たされているものか？」

「違うわ。お兄様にお願いして、今回特別に作ってもらったの。あ、ちなみにヨツバにはこの話をしているわ。だから、ついていかなくても大丈夫と判断してくれたんだと思う」

「……なるほど」

「笛が鳴ったと思ったら、大勢の兵士が押し寄せてくるのだもの。敵の方が気の毒、なんてヨツバは言っていたけど」

出発前にヨッバとした話を思い出しながら告げると、アスラートは真顔で頷いた。

「確かにいきなり十人以上の兵士に乱入された男たちは、ギョッとした顔をしていたな」

「街を巡回している兵士のひとりやふたりならどうにでもなると思っていても、集団で来るとは考えていなかったでしょうしね」

「思った以上に来るのが早かったのは？」

「事前にこの辺りを彷徨く予定だって伝えていたから。言っておけば、通常の仕事をしながらでもある程度警戒はできるでしょ。そして笛が聞こえたら、全員がそちらへ急行する。こんな感じになっているの。とはいえ、思った以上の人数が来てくれて、私も吃驚したんだけど」

十人以上集まったのを見てちょっと驚いたのだ。

でも、そのおかげで素早く片を付けることができた。

笛を持ちたいと言った私に駄目と言わず、すぐに賛成してくれた兄には感謝しかない。

「……そう、か。驚いたな」

ようやく事態を理解したアスラートが息を吐く。

「良かった。残党がいるとは思っていなかったから、お前に何かあったらどうしようかと思った」

「ふふん。私だってお客様としてお迎えしている王子を、本当になんの警護もなく連れ出したりはしないんだから」

ふたりきりで過ごしたかったので直接の警護は断ったが、ちゃんと別の手段を用意していたのだ。

ふたりの時間を邪魔されず、でも何かあればすぐに駆けつけてもらえるように。

「オレよりお前の方がよっぽど考えていたな」

「そうでもないわよ。たぶんアスラートは少し気が抜けていたんじゃないかしら。ずっと命を狙われていたんだから、危惧することがなくなってホッとするのは当たり前。それにアスラートはモルゲンレータにいるんだもの。アスラートが気を抜いてもモルゲンレータが守るわよ。当然じゃない」

胸を張って告げる。

アスラートは驚いたように私を見つめた。そうして目を細める。

「……カタリーナは格好良いな」

「そう？　そう言ってもらえると嬉しいけど」

そうして、アスラートから数歩下がった。深呼吸をして、彼を見る。

アスラートが不思議そうな顔でこちらを見返してきた。

両手を広げ、微笑みながら彼に向かう。

これを言うことは、デートする前から決めていた。

たとえ、物別れに終わることになろうとも。

「――ね、どうかしら。これが今の私。前世とは似ても似つかない……とまでは言わないけれど、それでも全然違うし、今後もヒルデとの違いはいくらでも出てくるでしょうね」

「カタリーナ？」

いきなり話し始めた私に、戸惑いを浮かべるアスラート。そんな彼に、こんなことを言い出して申し訳ないと思いながらも告げた。

「最後にもう一度だけチャンスをあげようと思って。あなたは私がヒルデとは違う女だと知ったわ。私には確かに記憶はある。ヒルデであり、カタリーナよ。でもやっぱり過去は過去で、今の私はヒルデにはなれないの。それで本当に平気？　今ならなかったことにしてあげられるわ。婚約だってまだ正式に発表されたわけじゃない。内々に進められているだけ。やっぱり止めましょうと後戻りができる最後の機会。それが今なのよ」

「……カタリーナ」

「私はこれからもっともっとヒルデとは離れていくと思うわ。だって私がそれでいいと思っているのだもの。でも、もしあなたがそれを嫌だというのなら今のうちに言って」

「……言ったら、どうするんだ？」

アスラートが静かに問いかけてくる。私は彼を見つめ、正直に告げた。

「簡単よ。これ以上傷が深くなる前に別れることを提案するわ」

もしアスラートがヒルデから離れていくことを嫌がるのなら、一緒にはいられないから。

彼が息を呑む。その顔には信じられないと書かれてあった。

「私はナギニもアスラートも好きで、これからあなたがどんどんナギニを捨てていったとしても、好きなままでいられると断言できる。でも、あなたの気持ちは分からないから。だから最後の問いかけをしているの。今の私を見た上で、あなたはどう思うのか。私を選んで後悔しないのか。それを聞きたいのよ」

私はもう答えを得た。

ナギニが好きで、アスラートが好き。

アスラートの中に見えるナギニの面影にときめいているが、もしそれがなくなる日が来たとしても構わないと思える。

だって私は、アスラートという人をちゃんと愛しているのだから。

「お前……」

「私が面倒な女って知ってるでしょ。ちゃんと納得したいのよ。あなたは本当に『私』で良いのかって。だから今日、色々なものを見せたの」

アスラートに告げる。

私は自他共に認める面倒臭い女だ。

黙っていればいいことも、わざわざ穿り返して答えを貰わなければ気が済まない。

そのために今日という日を利用した。

アスラートが溜息を吐く。

「はあ。本当に面倒な女だ」

「……」

「カタリーナ」

「えっ」

アスラートが距離を詰めてくる。腕を摑まれ、引き寄せられた。

「馬鹿だな。過去のお前も今のお前も好きだと言ったのをもう忘れたのか」

「お、覚えているけど……その時のアスラートって、本当の私を知っているわけじゃなかったから……」

過去に引っ張られていて、だいぶ前世の性格が強く出ていたのだ。それでもアスラートは、全然違うと言っていた。

その時で全然違うなら、本来の性格を取り戻した今はどれほど違うのか。

幻滅していないだろうか。さすがにこれはと思われていないだろうか心配で、でも自分を偽る気にはなれなくて、結局こうして聞いている。

「いや、だいぶ自由だったし、やりたい放題だったと思うぞ」

アスラートが呆れたように言うが、そんな記憶は私にはない。

「嘘よ。かなり遠慮していたわ」

「チョコレートフェスの時の自由さは相当なものだったが……あれは今と変わらなくないか？」

「……チョコレートフェス？　ま、まあ、確かにあの時はチョコレートに気を取られていて、昔を思い出す暇もなかったから、ほぼ今の私だったと思うけど」

チョコレートを味見したり、色んな店を回ったりすることに夢中になっていたので、確かにあれは今の私と殆ど変わらなかった気もする。

「あの時のお前は自由で、でもオレはそんなお前に強く惹かれたぞ」

「え……」

「覚えていないか？　悪くないと言っただろう。オレは活動的なお前も愛おしいと感じている。だから不安になるな。オレはどちらのお前も愛しているのだから」

「う……」

顔を覗き込まれ、目が潤んだ。

「いつかの時にヒルデが消えても構わない。いや、消えると言うのは間違っているな。過去を自身の糧として成長していくんだ。だが、その根底にはちゃんと残っている。オレが言っている意味は分かるだろう？」

「……ええ」

「過去が積み重なって、今のオレたちになっている。それはこれからもそうだ。だからヒルデやナギニに固執する必要はない。彼らはいつだってオレたちの中に息づいているのだから」

ギュッと目を瞑った。

私がアスラートの中にナギニがいると思っているのと同じように、彼もいくら変わろうと私の中にヒルデがいるのだと信じてくれているのが分かり、嬉しかったのだ。

「そう、そうね」

小さく頷く。アスラートは私を抱きしめると、優しく頭を撫でた。

「全く。自分は大丈夫だと言うくせに、オレのことは信用してくれないのだから酷い話だ。靴が好きだと笑い、オレの眼鏡を選んではしゃぐお前を、オレが愛していないはずないではないか。それらも全てお前なのだから」

「だ、だって……」

勝手に期待するわけにはいかないではないか。

アスラートの心はアスラートのものだ。何をどう考えるのか、強制することはできない。

「ま、そう聞いてしまうのがお前で、そういうところもひっくるめてオレはお前を愛しているがな。今更何を言われたところで退く気はないし、どう変わったところで生涯放す気はないからお前の方こそ覚悟しろ」

「何それ……」

「オレに愛される覚悟をしろと言っている」

そう告げるアスラートの声音は怖いほど真剣で、胸が痛いほどときめいた。

「アスラート……」

「今世のオレの目標は、お前と嫌になるほど長生きして、老衰で死ぬことだからな。もちろんお前にもオレの夢に付き合ってもらうぞ」

「ふふ……いいわ」

わざわざ老衰で死ぬと言っているところが今のアスラートらしいと思った。

ナギニならそんなことは言わない。せいぜい『あなたと共に生き、共に死にたい』くらいだ。

いや、それを言われたら言われたでときめくのだろうけど、アスラートらしさが出ているのは良いなと思った。

「老衰ね、理想的。じゃあ、そのためには健康で長生きしないといけないわね」

「その通りだ」

「健康を阻害する一番の要因はストレスだって知ってる？　つまり長生きするためにはあらゆるストレスの元を排除しないといけないってわけ」

「そうだな」

「国の中で揉めている場合じゃないわよね。だってそれって大きすぎるストレスだもの。うん、楽しくなってきたわ。アスラート、私もあなたの国……ううん、私たちの国が平和になるよう尽力する。そうして平和な国にして、年を取ったらその国を見下ろして『ああ、平和って素晴らしいな』と思いながら最期の時を迎えましょうよ」

それはとても素敵なことだと思うのだ。

私の提案を聞いたアスラートが目を瞬かせる。

だけどすぐに破顔した。

「——ああ、そうだな。そうしよう。……以前のオレは、結局自らの手でモルゲンレータを平和に導くことができなかった。だが、今世は違う。必ずオレの手でティグリルを平和にし、それを自らの目で見てみせる」

「アスラート、違うでしょ。オレじゃなくてオレたち、よ」

私を入れ忘れてもらっては困る。

「ヒルデなら一緒に、は無理だったかもしれないけれど、カタリーナは頑張るんだからね。私はあなたの隣を歩きたい。だから一緒に行きましょう」

本当はヒルデであった時も、ナギニの力になりたいと思っていたけれど、大人しい私にはそれを言い出すことはできなかった。

だからその時の想いもひっくるめて、今世の私は頑張りたいと思うのだ。

「カタリーナ……」

アスラートが私の頬に手を当てる。

彼の顔が近づいてくる。その意図に気づき、目を閉じた。

唇が触れる直前、アスラートが告げる。

「そうだな。今世はふたりで。——約束だ」

「ええ——約束ね」

交わされた新たな約束に微笑みが零れる。

来世の話ではない。今世の、今生きている私たちの話だ。

それがどうにも嬉しくて仕方ない。

熱が触れる。

その熱は単なる口付けではなく、未来へ向けての私たちの誓いでもあった。

間章　夜会の席で（アスラート視点）

「ああもう、忙しい！　明日には国に帰らないといけないのに、終わっていない書類が山ほど！ミツバ！　ぼんやりしていないで手伝って下さいよ！」

帰国前日の夕方。

貸し与えられた部屋、窓際にある机でヨッツバが鬼の形相になって書類を確認していた。

昨日までは余裕そうだったのだが、今朝方まとめて書類が来たとかで、ずいぶんと大変そうだ。

我関せずとばかりに剣の手入れをしていたミッツバが口を尖らせる。

「えー、嫌だけど。僕が書類仕事苦手だって、ヨッツバは知ってるよね？　大体僕の仕事は護衛任務が殆どなんだから。そっちはヨッツバが担当だろ」

「今、苦手とかどうでもいい！　猫の手も借りたいって諺知ってます⁉」

「実際に猫の手を借りたら、仕事にならないよ。同じく僕の手を借りたところで、猫以下にしかならないんだけど。それでもいる？」

「己の無能さを偉そうに誇示しないでくれますか！　馬鹿共が懲りもせず二度も殿下を襲うから、その関係の書類が～！　ああもう、この際殿下でも構いません。こちらの書類を……！」

「悪いが、オレは今から夜会だ。お前を手伝ってはやれない」

「きえええええええ‼」

誰にも手伝ってもらえないと悟ったヨッバが奇声を上げる。

だが、オレはオレの仕事を終えているし、夜会を欠席するわけにもいかない。

二度目に襲われた時の後処理と言われると申し訳ない気持ちにもなるが、オレのせいではないので聞かなかったことにした。

結局、あの男たちは一度目に襲ってきた者たちの残党で、仲間を捕らえられた報復として勝手に行ったものであることが判明している。

全く迷惑な話だ。暗殺計画の首謀者一味がまだ国に残っているのかと、一瞬本気で焦ったというのに。

不快な気分で眉を寄せていると、ヨッバががっくりと肩を落としながら言った。

「殿下は仕方ありませんね。主役が夜会を欠席できないのは分かりますし。でもミツバ、お前は付き合ってもらいますよ」

「無理だって言ったでしょ。僕だって、殿下の護衛任務があるんだから」

「そんなのモルゲンレータに任せておけば良いでしょう！　第二王女の婚約者なんですから、威信を賭けて守ってくれますよ！」

「それはそれで、うちの国が情けないって話になるし。ヨッバ、手伝ってもらいたいからって暴論すぎ。自分の仕事なんだから自分で片付けなよ」

「……正論を吐かれるのがこんなにも腹立たしいとは不覚にも今まで知りませんでした。ええ、殺意が湧きますね」

「良かったね。いつもヨツバがやっていることだよ」

「きーっ‼」

「……オレは行くからな」

漫才をしているふたりは放っておくことにして、部屋を出る。

向かうはカタリーナの部屋だ。

今日の夜会では、オレの帰国とカタリーナとの婚約が発表される。

まだ直接父とは話していないが、モルゲンレータの国王と父とでやり取りがあったらしい。

婚約について了承するという旨が書かれた正式な書面が来たのは、数日前の話だ。

モルゲンレータ国王の根回しの早さには驚かされた。いや、最初に動いたのはカタリーナの姉であるサリーナか。

あの女の手際の良さには目を見張るものがある。それだけ妹を想っているということなのだろうが、彼女の相手になる男は大変だなと他人事ながら心配になるところだ。

廊下を歩き、カタリーナの部屋を目指す。

赤い絨毯が敷かれた廊下は、昔何度も歩いたものだ。

生まれ変わった今も、この城の構造を隅から隅まで思い出せる。カタリーナの部屋は以前、ヒルデが自分の部屋としていた場所と同じで、そんなところにも奇妙な縁を感じていた。

——カタリーナ。

少し前、オレたちはようやく両想いとなった。

必ず彼女を得ると決め、信じてくれるまで何度でも愛を告げてやると決意していたが、実際に頷いてもらった時には、喜びよりも安堵感の方が強かったように思う。

カタリーナはずっとオレを拒否し続けていて、このままでは帰国までに彼女を得ることができないと酷く焦っていたからだ。

だが彼女の中でどんな変化があったのか、ついにオレの手を取ってくれた。

オレの告白に頷き、自分も好きだと言ってくれたのだ。

彼女はずっと昔の自分に引き摺られて素直になれなかったと言っていたが、確かにその捻くれた考え方は昔のヒルデを彷彿(ほうふつ)とさせた。

面倒臭い、手の掛かる女。それがヒルデだ。

でもオレはそんな彼女を心から愛していたし、生まれ変わってもやっぱり面倒なカタリーナを同じように愛している。

だから、何も問題ない。

オレたちはこのまま結婚し、幸せになるのだとそう思ったのだけれど。

両想いになったすぐあと、彼女とデートをすることになった。

オレが帰国すれば、しばらく会えなくなる。

その前に少しでも思い出が欲しいと思ったこともあり、カタリーナから提案された時はとても嬉しかったし、実際、とても楽しい時間を過ごすことができたのだが、そこで見せられた彼女の新たな一面にはずいぶんと驚かされた。

今までが嘘のようにオレに対する愛情を隠さない。

靴が好きと言っていたのも意外だった。以前のヒルデには、趣味と言えるものはお菓子作りくらいしかなかったからだ。

外に出て、自分で買い物をするなんて、昔の彼女を知っていれば驚くだけでは済まない。

更に驚かされたのは、敵に囲まれた時の彼女の対応だ。

完全に気を抜いていたオレは、武器を持ち込むことをしなかった。

デートに武器なんて無粋以外の何ものでもない。それにモルゲンレータはティグリルよりも治安が良い。

すでに敵は捕らえ終わったあとで心配する必要もなかったから、まあいいかと置いてきてしまったのだ。

記憶を取り戻してしばらく経つが、ここまで間抜けなことをしたのは初めてだ。

ナギニ時代に至っては一度もないと断言できる。

猛省したが、それで武器が出てくるわけではない。

敵がオレを狙っているのは間違いないのだ。せめてカタリーナだけでも安全な場所に。

そう思い、自らオトリになることを覚悟したのだけれど。

「大丈夫よ。心配しないで。——私のアスラートに手出しなんてさせるものですか」

カタリーナは笑い、服の中から小さな笛を取り出した。首から下げられていた笛を握り、吹く。

甲高い、特徴的な音が響き渡る。

驚く間もなく、大勢の兵が押しかけてきた。

そうしてあっという間に敵の残党を捕縛したのだ。

本当に一瞬の出来事で、あまりにも鮮やかな手並みに目を見張ることしかできなかった。

呆然とするオレに彼女は、兄に頼んで笛を用意してもらったのだと告げた。

自分で考え、対処法を用意したと。

以前のヒルデには絶対にできなかったことだ。

極め付けはこれだ。

「アスラートはモルゲンレータにいるんだもの。アスラートが気を抜いてもモルゲンレータが守るわよ。当然じゃない」

なんの気負いもなく、守るという言葉を告げたカタリーナに驚きを隠せなかった。

何せヒルデは守られるばかりだったから。

それを悪いとは思わない。

ヒルデは守られるべき人だった。オレも守りたいと思っていた。

でもカタリーナは違うのだ。

自分で考え、実行することができる女性だ。

誰かを守ることを選択できる。

強気で自由。そんな彼女に心から惹かれた。

だが、一番強烈だったのはその前の言葉かもしれない。

『私のアスラートに手出しなんてさせるものですか』

この台詞に全てを持っていかれたと思った。

どこまでも強い瞳に、惹きつけられた。好きだと思ったし、愛していると強く感じた。

この女でなければ嫌だと、喉から手が出るほど彼女が欲しいと思った。

敵を睨み付けるカタリーナはオレの目に、酷く格好良く映った。これが今のカタリーナなのかと強く痺れたし、恋い焦がれた。

あのヒルデが強くなって生まれ変わり、今オレを守ろうとしているなんて。

やはりオレが愛する女は彼女しかいないと確信した瞬間だった。

でも、そんな格好良いカタリーナがオレのことでは弱気になる。

これだけ愛を伝えているのに、まだ本当に自分で良いのかと聞いてくる。

その辺りはやはりヒルデで、でもカタリーナで、オレは彼女の存在全てを愛おしく思った。

確かに最初は『ヒルデ』だから彼女を愛した。

だけど徐々にカタリーナという女性を知り、彼女のことも心から愛するようになった。

カタリーナはヒルデとは違う。だけど同時に同じ人物でもあるのだ。

彼女と過ごすうち、それを実感させられた。

ヒルデとしての過去、その積み重ねの先にカタリーナという人物が確かにいる。

大人しいヒルデも、明るく活動的になったカタリーナも、どちらの彼女も愛おしい。

同じ彼女の表面と裏面だと考えればそれは当たり前の話で、オレの愛が変わる理由はどこにもなかった。

それをカタリーナに告げ、ようやく納得してくれた彼女と改めて未来を誓い合ったが——正直、あれから彼女への想いが高まりすぎて、これから半年もの間、離れていることが耐えられない。

「……参ったな」

カタリーナを迎えるまでの半年は、きっとあっという間に過ぎるだろう。

そう思っていたのに今のオレは、ほんの数日でさえ、彼女と離れるのが耐え難い。

よほど、カタリーナに魅せられてしまったのだろう。

「カタリーナ」

彼女の部屋に着き、その扉をノックする。

小さな声で返事があり、扉が開いた。

中から顔を覗かせたのはカタリーナだ。彼女はオレを見ると、ぱあっと実に分かりやすく顔を輝かせた。

「アスラート！」

「迎えに来たぞ。そろそろ時間だが、準備は大丈夫か？」

「ええ、もちろん！」

胸を張るカタリーナを見つめる。

彼女はクリーム色のドレスを着ていた。胸元の開いた美しいドレスで、カタリーナにとても似合っている。袖はなく、イブニンググローブを付けていた。胸元には大きな赤い宝石のついたネックレス。髪は上げており、やはり赤が多く使われたティアラが光っている。

足下に目をやると、見覚えのあるヒールがチラリと映った。

「そのヒール……」

「気づいてくれた⁉ アスラートとデートに行った時のものよ。昨日届けてくれたの。間に合って良かったわ」

嬉しそうに赤い靴を見せてくるカタリーナ。

買いに行った時も思ったが、本当によく似合っている。

「……良い靴だ」

「でしょ！」

「あとで、その靴を履いたお前と踊れるのが楽しみだな」

「ええ。私も」

笑顔で答えてくれるカタリーナに腕を差し出す。彼女はオレの腕に摑まり、上機嫌で言った。

「今夜のあなたの格好も素敵だわ」

「そうか？」

今日は婚約発表ということもあり、正装での出席となっているのだ。

ティグリル王家の正装は、白い詰め襟軍服に黒のブーツ。

ダブル釦は金色で、肩章も金。

わりと派手な印象ではある。

「前も思ったけど、ティグリルの正装って良いわね」

「軍服がか？　モルゲンレータも同じだろう？」

モルゲンレータ王国の正装はジャケットタイプの軍服だった記憶がある。

そう言うとカタリーナは頷いた。

「ええ。でも詰め襟軍服ってあまり見ないから新鮮だわ。ストイックな雰囲気が出るのね。とても素敵」

「お前に喜んでもらえたのなら何よりだ」

小さく笑う。何故かカタリーナが顔を赤くした。

「カタリーナ？」

「……もう、その顔は反則でしょ」

「反則？」

意味が分からない。

首を傾げると、彼女は顔を赤くしたままオレに文句を言った。

「その笑い方よ。ナギニを思い出すというか……でもナギニとは少し違って……とにかく、今のあなたの素敵なところが全部出ている笑顔なの！」

「なるほど。で、お前はこの笑い方に弱い、と」

納得し、彼女の目を見る。その目は潤み、オレを意識しているのが丸わかりだった。

「そ、そうよ。その……その表情を見ると、なんか惚れ直してしまうっていうか……私、こんな素敵な人と結婚するんだって気持ちになるの！　悪い？」

「悪くない。オレもお前には毎日惚れ直しているからな。お前も同じだというのなら、嬉しい限りだ」

「うう……そういうことを堂々と……ナギニの時には言わなかったのに」

何故か悔しげに言うカタリーナの頬をつつく。

キョトンとする彼女に言った。

「当たり前だろう。今のオレはナギニではないのだから。カタリーナ、今のオレは嫌いか？」

返ってくる答えが分かりきっている質問だ。

カタリーナも笑い、緩く肘鉄を食らわせてきた。

「しつこいわね。前にも好きだって言ったでしょ。そういうところは、むしろナギニよりもアスラートの方が良いって、そう言ったはずよ」

「ああ、知ってる」

「もう、知っていて聞くんだから」

小さく睨めつけられ、笑う。

「お前とこういうやり取りをするのが好きなんだ。許してくれ」

互いを想い合っていることが分かるやり取りは何度してもいいものだ。

そう言うと、カタリーナはますます顔を赤くして言った。

「そんなの、私も同じだから」

「好きだと言えば、好きと返ってくる。分かっていても、何度だって同じことを言いたいし、聞きたい。ナギニの頃には考えもしなかったことだが、今のオレはそんなやり取りを好んでいる。できればお前にも付き合ってもらえると嬉しいと思う」

足を止める。彼女の頬をそっと撫で、額に口付けた。

「愛している、カタリーナ」

「……私もあなたが大好きだわ」

返された言葉を聞き、気持ちが満たされた。やはり『好き』を返されるのはいいものだ。

「さ、行こうか」

カタリーナを見る。彼女はまだ顔を赤くしていたが、それでもコクリと頷いた。

会場へ向かう最中、彼女が思い出したように言う。

「……その、さっきはどうして額だったの？　口付けなら唇にくれても良かったのに」

少し拗ねた物言いが愛らしい。

そんな彼女を愛おしく思いながら口を開いた。

「唇にすれば、せっかくの化粧がはげるだろう？　それとも口紅のはげた状態で夜会に出席したかったか？　オレに食われたのが丸わかりで恥ずかしいだけだと思ったのだが、気遣う必要はなかったか？」

明日で彼女とはしばらくお別れなのだ。

唇になど触れれば自制が利かず、いつまでも貪っているだろうとの予測は簡単につく。

それを避けただけだと言えば、せっかく赤みの収まった顔に、また朱が差した。

「そ、それは……」

「むしろ感謝して欲しいところなのだが――分かってくれたか？」

流し目を送る。

カタリーナは熟れた林檎よりも赤くなって俯くと「ありがとうございます……」と蚊の鳴くような声で礼の言葉を言ってきた。

◇◇◇

「――私の妹カタリーナが、ティグリルのアスラート王子とこの度、正式に婚約を結ぶことになった」

夜会会場。その壇上でモルゲンレータ国王が高らかに告げる。

彼の隣に立っていたオレとカタリーナは揃って軽く頭を下げた。

オレたちの婚約については、内々に伝えられていたのだろう。

誰の反対も、意外という声もなく、あっさりと出席者たちに受け入れられた。

音楽が流れ始める。

今からはダンスの時間だ。

今夜は婚約のお披露目。皆の前でファーストダンスを踊ることが決まっている。

「カタリーナ」

「ええ」

手を差し出すと、小さな手が乗せられる。

彼女をエスコートし、ダンスホールへ向かった。

高いヒールを履いたカタリーナがどこまで踊れるのかと思っていたが、その心配は無用だったようだ。

彼女の足運びは驚くほど巧みで、ヒールを履いていると感じさせない動きだった。

「すごいな……」

思わず感嘆の声が出る。カタリーナは自慢げな顔をした。

ヒルデの頃には絶対にしなかった顔だが、今のカタリーナらしくて好ましい。

「私、ダンスには自信があるの」

「そうだろうな。ヒルデはこんなに上手くは踊れなかった。ものすごい進歩だ」

「あの頃の私は、そもそも運動神経があまり良くなかったから。ダンスもなんとか見苦しくない程度に踊るしかできなかったの。でも今は、身体を動かすのは楽しいし、ダンスも綺麗に踊ってやろうって気持ちになるわ」

「そうか」

「あなたのダンスは昔と変わらないわね。踊り方がナギニと一緒だわ」

「だろうな。ダンスにはさほど興味がない。特に変わるきっかけがなかったのだろう」

教師から習った時、呑み込みの良さを不思議がられたが、おそらく思い出してはいなくても、どこかでナギニの記憶があったのだろう。

そして必要性を感じなかったから、それ以上上手くはならなかった。

変わっていないと言われても納得だった。

踊りながら周囲を見回す。夜会に使われている大広間は百年前とほぼ同じ様相だった。

壁に描かれた絵も、天井画も、ダンスホールをキラキラと輝かせるシャンデリアも、覚えているまま。まるで、百年前に戻った気持ちになる。

「話していると思い出すな。昔、モルゲンレータの王城で踊った時のこと」

「……それ、婚約前の話？　私は人前で踊りたくないって言ってたのに、無理やり連れ出された時のことよね？」

カタリーナがさっとその時の話を持ち出してくる。

よほど嫌だったのだろう。綺麗な眉が中央に寄っていた。

まだナギニだった頃、彼女と恋人同士になったことを喜んだオレは、周囲への牽制の意味も込めて、大きな夜会で彼女にダンスの誘いを掛けた。

ヒルデは無自覚だったが儚げな美貌を誇る女性で、大勢の男が狙っていたから。

恋人は自分なのだと、彼女を手に入れたのは自分だと皆にアピールするのが目的だった。

夜会前、一緒に踊って欲しいと誘いを掛けたところ、彼女は珍しくはっきりと拒否の姿勢を見せた。

普段おっとりして、大概のことは頷く彼女がダンスだけは断る。

よほど人前に立つことが嫌なのだろうと思い、その時は退いたが、諦めたわけではなかった。

当日、彼女の前に立ち、堂々とダンスを申し込んだのだ。

その時の彼女の表情は今も克明に思い出せる。

「この世の終わり、みたいな顔をしていたな」

「断ったのに、なんで誘ってくるの⁉　って思ったもの」

「人前で踊るのが苦手なら、オレがいるから大丈夫だろうと思ったんだ」

「違うのよね……」

カタリーナが苦々しい顔をする。

「単純に、ダンスが下手だったから踊りたくなかったのよ。しかも相手は恋人。もし足でも踏んだら嫌われないかって心配で、泣きそうだったわ」

「それなら断れば良かったのに」

泣きそうな顔をしながらも、結局ヒルデはオレの手を取ってくれた。それを思い出し言うと、カタリーナは呆れ声で言った。

「断れるわけないでしょ。せっかく好きな人に直接誘ってもらえたのに」

「……カタリーナ」

「あなたは気づいていなかったみたいだけど、ナギニって、クールな雰囲気が素敵な宰相だって女性たちにすごく人気があったのよ。いつだって私は、あなたを取られないか心配で仕方なかったんだから」

「それは、お前の方だろう」

そんな話は知らないと思いながら告げる。カタリーナはムスッと頬を膨らませた。

「ほら、やっぱり気づいてなかった！　……だから、あの時は受けるしかなかったのよ。だって夜会の席でのあなたは人一倍輝いていたわ。皆があなたに見惚れていた。そんなあなたから直接ダンスの誘いを受けたのよ？　恋人として受けないわけにいかないじゃない！」

必死だったと言うカタリーナに目を瞬かせる。

どうやらオレたちはお互い似たようなことをしていたようだ。

その時のことを思い出したのか、カタリーナが渋い顔をする。

「案の定、ダンスは酷いものだったし……」

「それなりに格好はついていたと思うが」

「……人生であの時ほど集中したことはなかったわ。笑われるわけにはいかないって必死に足を動かしたもの。でも、今ならやっぱり酷い出来だったと思うのよね」

「……オレは嬉しかったし幸せだったが」

首を横に振るカタリーナに告げる。彼女は「え」と顔を上げた。

「念願叶ってお前と踊ることができて嬉しかったと言っているんだ。お前には申し訳なかったが、今でもあの時の思い出は、オレの中で美しいものとして煌めいている」

「……」

カタリーナがじっと見つめている。その目を見つめ、微笑んだ。

「そしてそれは今もだ。この今の瞬間を、オレは死ぬまで忘れないだろう。愛しいお前と、婚約者として踊ることができる。こんなにも嬉しいことはない」

「……そう、ね。確かに私も嬉しかったわ」

困ったようにカタリーナが笑った。

「必死だったけど、よくもやってくれたと思ったけど、決して嫌な思い出にはなっていないの。やっぱり私も嬉しかったのね。あなたと、恋人として踊れたこと。そして今も、あなたとこうして婚約者としてダンスができていることを幸せだと思うわ」

「カタリーナ……」

音楽が終わりを迎える。

足を止め、一礼をした。オレたちのダンスを見ていた他の参加者たちが好意的な拍手をくれる。

その拍手を心地好く聞きながら、互いに視線を合わせ、笑い合う。

きっと今夜の出来事を彼女も覚えていてくれるのだろう。

それが確信できることが、どうしようもなく幸せだった。

終章　今度はきっと幸せになれる

婚約発表のあった夜会も終わり、次の日になった。

ひと月の滞在を終えたアスラートが帰国する時がきたのだ。

帰ってしまえば、あと半年は会えない。

婚約したばかりの恋人と離れるのは寂しく、見送りに来ても、なかなか笑顔にはなれなかった。

馬車の前、アスラートが困ったような顔で私に言う。

「そんな顔をするな。帰りづらくなる」

「……帰らなければいいのに」

「お前を迎える準備をするためだ。許してくれ」

そう告げるアスラートの声は酷く甘かった。私を愛おしいと思ってくれているのが声だけでもよく分かる。

「準備が終われば半年とは言わず、すぐにでも迎えに行くから」

「……本当？」

「ああ」

力強く頷いてくれたことで、ようやく少し気持ちが浮上した。

アスラートが私を抱き寄せる。素直にその腕の中に収まった。背に手を回し、抱きしめる。

「……寂しい」

「オレも同じ気持ちだ。それに会えはしないが手紙を書く。お前も返事をくれるだろう？」

「ええ。絶対に書くわ。来たら、次の日、ううん、当日には返事を送るから」

「それは楽しみだな」

「半年で、どれくらい送れるかしら。そっちに行く時には貰った手紙を全部持っていくわ」

「ああ、オレもお前の手紙を取っておく」

話しているうちに少し楽しくなってきた。

次に会うまでの楽しみがあるというのは良いことだ。

惜しみながらもアスラートから離れる。そういえば彼の側近たちの姿が見えないなと思い、なんとなくどこにいるのかと周囲を見回したが、後ろを振り向いた時、とんでもないものを目にしてしまった。

「は⁉」

変な声が出たが許して欲しい。

それくらい、今見えたものが信じられなかったのだ。

私の目に映っているのは、一緒に見送りに来ていた姉が、何故かヨッツバと親しげに話している姿。

姉は嬉しそうに笑っており、ヨッツバもどこか表情が柔らかい。

「は？　は？　はあああああ⁉」

——何これ！　一体どうしてこんなことに。

ギョッとする私を余所に、ふたりは尚も楽しげに語らっている。

なんだか距離が無駄に近い気がする。というか、ヨッバには今すぐ姉から離れてもらいたい。

「お、お姉様！　これは一体……‼」

自分が見ているものが信じられなくて叫ぶ。ヨツバと話していた姉は、私に気づくとにこりと笑った。

「うふふ。実はね、少し前から私たち付き合い始めたのよ」

「「はああああああ⁉」」

私の叫びにアスラートの声がハモった。

アスラートを見る。どうやら彼も知らなかったようで、ブンブンと首を横に振っている。

「アスラート……」

「知らん！　断じて知らん！　大体、知っていたら止めていた！　誰がこんな性悪女を薦めるか！」

大分失礼な話だが、アスラートが本当に知らなかったことは理解した。

姉がアスラートを見て、鼻で笑う。

「あら、あら。女ひとり、なかなか落とせなかった情けない男が何か言ってるわね」

「お、お姉様⁉」

悪辣な物言いに目を見張る。とてもではないが、姉が言うこととは思えなかった。

「え、え、え……？」

「落ち着け、カタリーナ。この女はいつもこんな感じだ」

「い、いつも？」

「少なくともオレと相対している時はずっとこうだ！」

アスラートが嘘を吐いているようには見えない。呆然としていると彼は叫んだ。

「カタリーナをなかなか落とせなかったのは、お前が無意味に邪魔をしたせいだろう！　そうでなければもっと早く両想いになっていた！」

「あら、本当にそうかしら。それにあなたは無意味と言うけれど、私は妹に幸せになって欲しかっただけ。涙を呑んで悪役を買って出てあげたのよ。徹頭徹尾、自分のことしか考えていなかったあなたとは違うわ」

ヨヨヨ、と泣き真似をする姉。非常にわざとらしい。

アスラートがカッと目を見開いた。

「ああ言えばこう言う！　ヨツバ！　お前もどうしてこんな女になんか……どうした、洗脳でもされたのか！」

「洗脳……」

アスラートの姉に対する印象が悪すぎるが、彼に対する姉の態度がずっとこんな感じだったというのなら仕方のないことなのかもしれない。

——こ、これは確かに、アスラートとお姉様の組み合わせはない、わ。

ふたりの直接的なやり取りを今まで見たことがなかったので、もっと穏やかに普通に会話をしているものだと思い込んでいたのだ。

アスラートに恋する姉……。

姉にアスラートを譲らなければ、なんて思っていた過去の私に、今のやり取りを見せてやりたい。これを見ればきっと一瞬で「違うな」と意見を翻（ひるがえ）していただろうから。

誰が見たって、アスラートを揶揄っているだけ。恋愛対象になんてなるはずがなかった。

愕然としていると、ヨツバが照れながら「私が彼女に惚れてしまって」なんてアスラートに言っている。

どうやらヨツバが姉に惚れ、猛アタックした結果、ふたりは付き合うことになったらしいが……何度話を聞いても理解できなかった。

「彼女の妹を想う気持ちに胸を打たれて。それから彼女のことを良いなと、好きだと思うようになったのです」

「あまりにも熱心に付き合って欲しいって言うから……まあ、良いかなって」

珍しくも姉は照れていて、彼女が今幸せなのだというのは分かったが……なんだろう、知らないうちに姉を奪われていたという気持ちでいっぱいである。

「お、お姉様が……私のお姉様が」

ワナワナと震えていると、それまで黙ったままだった兄のミツバが耐えきれないというように叫んだ。

「なんで殿下だけでなくヨツバまで相手を見つけてるわけ!?　僕だけ独り身とか酷すぎるでしょ‼

僕、八面六臂の大活躍だったのに‼　モテるのなら僕じゃないか〜！」

どうやら弟に恋人ができて、自分にはできなかったことが許せなかったらしい。

あまりにも正直すぎる叫びに、つい笑ってしまった。

アスラートも虚を衝かれたのか、姉に怒るのを止め、今は苦笑している。

そうして言った。

「時間だ」

姉に何か耳打ちしたヨツバが上機嫌で戻ってくる。

腹立たしいという顔を隠さないミツバと一緒に御者席に座った。アスラートが馬車のタラップに足を掛ける。

振り返り、私に言った。

「半年などあっという間だ。迎えに行く」

彼の言葉に頷く。どうかそうであるようにとの祈りを込め、私も返した。

「ええ、待っているわ」

扉が閉まり、馬車が走り出す。

見送っていると、姉がいつの間にか隣に来ていた。

「カタリーナ、大丈夫?」

これから半年の別離を心配してくれているのだろう。アスラートはクソ女なんて言っていたが、やはり姉は私にとってはどこまでも優しい人だ。

姉の問いかけに笑顔を向ける。

「お姉様こそ平気ですか？」

「私はその……ヨツバが書簡を届けたりで、それなりに来てくれるみたいだから」

なるほど、先ほど彼が耳打ちしていたのはこれのことか。

姉を寂しがらせないために言ってくれたのだとしたら、ヨツバは信用できるのかもしれない。

そう思いながら口を開く。

「私も大丈夫ですよ」

寂しいのは本当だ。

早く迎えに来て欲しいのも本当。

でも、確信しているから。

きっと今世の私たちは幸せになれるのだと、誰に何を言われずとも確信しているから、寂しい半年の別離も耐えられるのだと思った。

あとがき

こんにちは。月神(つきがみ)サキです。

拙作をお求めいただき、ありがとうございます。

今回は、生まれ変わったら……なお話となっています。

次こそ幸せになろうねと言って亡くなった男女。彼らが次の生で再び出会い……というものですが、まあ、そうはならんやろと思って書き始めました。

だってねえ？

子供の頃ならまだしも、大人になってから思い出したって、今更ってなりません？

特に前世と全然違う性格だったりしたら余計そうじゃないかなと。

もちろん、ふたりともそうなってしまったら話にならないので、ヒーローにはヒロインを追いかけてもらっていますが、今回はそんな感じです。

とか言ってたら、ダークホースな姉姫がいるんですけどね！

ふたりの緩衝材として用意したはずだった姉姫がそれはもうイイ性格をしていて、編集さんに大人気でした。

分かります。私も書いてて非常に楽しかった……。

こういう突き抜けたキャラは良いですよね。また出したいです。

今回のイラストレーターさんは、双葉はづき先生です。

とっても繊細なタッチで主役のふたりを描いていただきました。

淡くも優しい色使いがとても素敵です。

アスラートが良い男過ぎる……！

そして後ろに悪役令嬢のごとく君臨する姉姫（笑）。

双葉先生、お忙しい中、美しいイラストをありがとうございました。


さて、次回ですが、次回はここのところ流行のアレです。

『あなたを愛することはない』

これを私が書くとどうなるか。

『あなたを愛することはないと言われましたが、それは私の台詞です！』

はい、こんな感じで、強気なヒロインと強気なヒーローがバッチバチにやり合ってくれるお話となっておりますのでお楽しみに。

ではでは、次はこちらの作品でお会いいたしましょう！

月神サキ

Alice Tsukimiya
月宮アリス
Illustration
芦原モカ
半年後に円満離婚のはずが、
なぜだか溺愛されています
友人ポジを卒業したい貴公子×
恋には超鈍感なお仕事令嬢
フェアリーキス
NOW ON SALE
うっかり飲んだ媚薬のせいで若き公爵リディウスと一夜を過ごしてしまった男爵令嬢フレア。彼とは良き友人同士なのに何てこと！その後あれよあれよという間に結婚するも、仕事に生きる彼女に公爵夫人の座は荷が重い。そこで新婚早々、法律で離婚可能な半年後に別れることを彼に提案。一方、ずっとフレアに片思いしていたリディウスは焦る。今まで関係を壊すのを恐れ告白できずにいた彼は、この半年でせめて恋愛対象に昇格すべく作戦を立てるが——？
フェアリーキス
ピンク
fairy kiss

なんせ私は王国一の悪女ですから
初恋の皇子様に嫁ぎましたが、彼は私を大嫌いなようです
1
Saaya Mizuno
水野沙彰
Illustration 氷堂れん
悪女ですが完璧な淑女を目指します！
フェアリーキス
NOW ON SALE
悪女と蔑まれながらも、王国に害をなそうとする王妃を欺き、国を守るため奮闘してきた王女クラリッサ。そんな彼女に急な縁談が舞い込み、しかも相手は初恋の皇子様ラウレンツ!?　戸惑いながら喜ぶも、この婚姻の裏で兄から与えられた任務は帝国社交界で立派な淑女として立場を築くこと。「必ずこの役目、果たしてみせます」覚悟を新たに嫁ぐが、再会したラウレンツのあまりの美声にドキドキしっぱなし。そんなクラリッサに彼はどこまでも冷たい態度で――。
フェアリーキス
ピュア
Fairy Kiss

Saki Tsukigami
月神サキ
Illustration
紫藤むらさき
iyajyauma koujyo to
じゃじゃ馬皇女と公爵令息
koushaku reisoku
両片想いのふたりは今日も生温く見守られている
2
いとしい人と結婚するため、
邪魔する者は許しません！
フェアリーキス
NOW
ON
SALE
留学先で出会った公爵令息のクロムと結婚する気満々で、父皇帝のもとに赴いた戦う皇女様ディアナ。なのに大臣たちが結婚に猛反対。国一番の名門魔法学園に編入し彼が首席で卒業することを条件にされてしまう。憤慨するディアナは、クロムがどれほど優秀か見せつけてやるんだから！　と闘志を漲らせる一方、再び彼とラブラブな学園生活を送れることに胸がときめく。ところが二人の周りで次々と不可解な事件が起こり、真相を探ろうとするが⁉
フェアリーキス
ピュア
fairy kiss

生まれ変わったら結婚しようと約束しましたが、どうかなかったことにして下さい

著者　月神サキ
イラストレーター　双葉はづき

2024年9月5日　初版発行

発行人　藤居幸嗣

発行所　株式会社Ｊパブリッシング
〒102-0073　東京都千代田区九段北3-2-5 5F
TEL 03-3288-7907　FAX 03-3288-7880

製版所　株式会社サンシン企画

印刷所　中央精版印刷株式会社

ISBN：978-4-86669-700-0
Printed in JAPAN